HISTOIRE

DU

CALIFE VATHEK.

HISTOIRE

DU

CALIFE VATHEK.

TOME SECOND.

1257

A PARIS,

CHEZ Anth^e. BOUCHER IMPRIMEUR,

SUCCESSEUR DE L. G. MICHAUD,

RUE DES BONS-ENFANTS, N°. 34.

M. DCCC. XIX.

HISTOIRE
DU
CALIFE VATHEK.

Nous avons dit que Nouronihar avait rejoint son cher Gulchenrouz : ce jeune homme, à peine adolescent, était fils d'Ali-Hassan, frère de l'émir, et la plus charmante, la plus élégante créature du monde. Ali-Hassan, partant pour un voyage de dix ans dans les mers inconnues, avait recommandé son fils, resté seul de plusieurs, aux soins et à la protection de son frère. Il écrivait bien plusieurs caractères, et peignait sur vélin les arabesques les plus élégantes. Sa douce voix se mariait

au luth d'une manière enchanteresse;
et quand il chantait les amours de Mé-
gnoun (1) et Leileh, ou de quelques
malheureux amants des temps anciens,
on voyait les pleurs inonder les joues
de ses auditeurs. Les vers qu'il com-
posait, car il était poète comme Mé-
gnoun, inspiraient cette langueur irrésistible, si souvent fatale au cœur des
femmes. Toutes étaient folles de lui,
car, quoiqu'il eût passé sa treizième
année, on le retenait encore dans le
harem. Sa danse était légère comme le
duvet des fleurs agitées par les zéphirs
du printemps. Mais ses bras qui s'entre-
laçaient si mollement en dansant avec
ceux des jeunes filles, ne pouvaient ni
darder (2) la lance à la chasse, ni dompter les chevaux (3) qui paissaient dans
les domaines de son oncle. Il tirait cependant de l'arc avec une certaine adresse, et aurait passé ses compétiteurs à la
course, s'il avait pu rompre les liens

qui l'attachaient à Nouronihar. Les deux frères (4) les avaient engagés mutuellement l'un à l'autre, et Nouronihar aimait son cousin plus que ses yeux (5). Tous deux avaient les mêmes goûts, les mêmes amusements, le même regard tendre et languissant, les mêmes tresses, la même blancheur; et quand Gulchenrouz portait les habits de sa cousine, il paraissait femme autant qu'elle-même. Si quelquefois il quittait le harem pour aller voir Fakreddin, c'était avec toute la timidité (6) d'un faon qui se hasarde à sortir de la reposée de sa mère. Il avait cependant assez de malice pour tourmenter par son absence les vieilles barbes grises auxquelles il était soumis, quoique sûr d'être grondé sans pitié à son retour. Et quand cela arrivait, il s'enfonçait dans les recoins du harem, et se réfugiait en sanglotant dans les bras de Nouronihar, qui aimait ses fautes plus que les vertus des autres.

Il arriva ce soir, qu'après avoir laissé

I..

le Calife dans la prairie, cette aimable fille alla courir avec Gulchenrouz sur la pelouse verte de la montagne qui ombrageait la vallée où Fakreddin avait choisi sa demeure. Le soleil ne paraissait plus qu'au bord de l'horizon, et ces jeunes enfants, dont l'esprit était léger et inventif, s'imaginaient voir dans les nuages épais du couchant les dômes de Skadukiam et d'Ambreabad (7), où les péries avaient fixé leur séjour. Nouronihar, assise sur le sommet du coteau, tenait sur ses genoux la tête parfumée de Gulchenrouz. L'air était calme, rien ne le troublait que les voix des jeunes filles (8) qui puisaient de l'eau dans les sources voisines. Cependant l'arrivée inattendue du Calife, et la splendeur qui l'environnait, avaient déjà rempli d'émotion l'ame ardente de Nouronihar. Sa vanité la porta d'une manière irrésistible à attirer sur elle l'attention du prince, et elle l'avait déjà fait pendant qu'elle ramassait le jasmin qu'elle lui avait jeté.

Mais lorsque Gulchenrouz demanda où
étaient les fleurs qu'il avait cueillies
pour elle, Nouronihar se sentit couverte
de confusion. Elle se hâta de baiser le
front de son cousin, se leva avec précipitation, et se mit à marcher à pas
pressés sur le bord du précipice.

La nuit approchait, et l'or pur du soleil couchant s'était changé en un rouge
couleur de sang, dont l'éclat, semblable à la réflexion d'une fournaise enflammée, colorait fortement le visage
animé de Nouronihar.

Gulchenrouz, alarmé de l'agitation
de sa cousine, lui dit d'un ton suppliant : allons-nous-en. Les astres sont
menaçants, les tamaris sont plus agités
que d'ordinaire, et le froid du vent me
glace jusqu'au cœur ; allons-nous-en.
Cette nuit n'inspire que des idées mélancoliques ; et lui prenant la main, il
l'entraînait vers le sentier qu'il voulait
lui faire prendre.

Nouronihar le suivait sans s'en aper-

cevoir; mille pensées étranges occu-
paient son esprit. Elle passa le grand
bosquet de chèvrefeuilles, sa retraite
favorite, sans même lui accorder un regard. Gulchenrouz, qui courait comme
si une bête féroce l'eût poursuivi, prit
cependant, en passant, un bouquet pour
sa cousine.

Les jeunes femmes qui l'attendaient
pour danser, selon l'usage, le voyant
accourir si vite, se prirent par la main
et formèrent aussitôt un cercle. Mais
Gulchenrouz, arrivant hors d'haleine,
se laissa tomber sur le gazon. Cet acci-
dent frappa de consternation cette bande
folâtre, et Nouronihar, hors d'elle-même,
abattue par la violence de l'exercice
qu'elle avait fait, et le tumulte de ses
pensées, vint s'évanouir à côté de lui;
mais, revenue bientôt à elle, elle cher-
cha à réchauffer les mains froides de
son cousin dans son sein, et frotta ses
tempes avec un onguent odoriférant. Il
reprit alors connaissance, et envelop-

pant sa tête dans la robe de sa cousine, la conjura de ne pas retourner au harem, car il avait peur d'être grondé par Shaban, son tuteur, vieux eunuque d'une humeur bourrue, pour avoir empêché Nouronihar de faire sa promenade ordinaire.

Bientôt tout ce groupe éveillé, assis en rond sur un sommet mousseux, commença à s'amuser à différents jeux innocents, tandis que les eunuques, leurs gardiens, s'entretenaient gravement à quelque distance. La nourrice de la fille de l'émir, observant que sa pupille était rêveuse, entreprit de l'amuser par des contes gais, que Gulchenrouz, qui avait déjà oublié ses inquiétudes, écoutait sans oser respirer. Il riait, battait des mains, et faisait mille petits tours à toute la compagnie, sans oublier les eunuques qu'il provoquait à courir après lui, en dépit de leur âge et de leur décrépitude.

Cependant la lune commençait à paraître; le vent avait cessé, et le temps

était si calme et si engageant, qu'on prit
le parti de souper sur la place. Sutlemême qui excellait à accommoder une
salade, ayant rempli de larges bowls de
porcelaine, d'œufs de petits oiseaux, de
caillebotes au jus de citron, de tranches
de concombres et de feuilles choisies
d'herbes délicates, les passa à la ronde, et
donna à chacun sa part dans une grande
cuiller de cocknos (9). Gulchenrouz
fit la moue avec ses petites lèvres ver-
meilles à l'offre de Sutlemême, et ne
voulut rien prendre que de la main de
sa cousine, qu'il couvrait sans cesse de
ses baisers. Un des eunuques courut
chercher des melons, tandis que les autres abattaient les amandes des arbres,
dont les branches pendaient sur cette
aimable compagnie.

Au milieu de cette petite fête, on
aperçut au sommet de la plus haute
montagne une lumière qui attira l'attention de tout le monde. Elle n'était
pas moins brillante que la lune dans

son plein, et on aurait pu la prendre
pour elle, si la lune n'avait pas été déjà
sur l'horizon. Ce phénomène causa une
surprise générale, et personne n'en put
deviner la cause. Ce ne pouvait pas être
un feu allumé, car la flamme était claire
et bleuâtre, et on n'avait jamais vu de
météore de cette grandeur ni de cet
éclat. Cette étrange lumière devenait
pâle pour un moment, et reprenait aussitôt son brillant. Elle parut d'abord immobile au pied du rocher d'où elle s'é-
lança en un clin-d'œil pour étinceler
au-dessus d'un bois de palmiers. De là
elle glissa le long du torrent, et se fixa
à la fin dans un enfoncement étroit
et obscur. Aussitôt qu'elle eut pris sa
direction, Gulchenrouz, dont le cœur
tremblait toujours à la vue de ce qu'il
ne connaissait pas, tira Nouronihar par
la robe, et la pria vivement de retourner
au harem. Les femmes appuyèrent sa
demande avec instance, mais la curiosité de la fille de l'émir l'emporta. Nou

seulement elle refusa de s'en aller, mais
elle résolut même de poursuivre le phénomène. Pendant qu'ils étaient à se
consulter sur ce qu'il y avait à faire,
la lumière lança une flamme si extraordinaire, qu'ils s'enfuirent tous en jetant de grands cris. Nouronihar les suivit d'abord, mais, au tournant d'un
petit sentier, elle s'arrêta et retourna
sur ses pas. Comme elle courait d'une
vitesse extrême, elle arriva bientôt à
l'endroit où on avait soupé. Le globe de
feu paraissait alors immobile dans l'enfoncement, et brûlait avec majesté.
Nouronihar hésita quelques moments
à avancer; sa situation était nouvelle,
le silence effrayant de la nuit, et chaque objet lui faisaient éprouver des sen-
sations qu'elle n'avait pas encore con-
nues. La frayeur de Gulchenrouz lui
revint à l'esprit, et mille fois elle voulut retourner. Mais cette apparence lu-
mineuse était toujours devant elle, et
poussée par une impulsion irrésistible,

elle continua de s'en approcher, en dépit de tous les obstacles qui la retenaient. Elle arriva enfin à l'ouverture de l'enfoncement. Mais, au lieu d'être proche de la lumière, elle se trouva entourée de ténèbres. Cependant une faible lueur se faisait voir par moment à une certaine distance : elle s'arrêta une seconde fois. Le bruit confus des chutes d'eau, le mouvement sourd des branches de palmiers, et les cris funèbres des oiseaux de nuit logés dans leurs troncs fendus, tout conspirait à la remplir de terreur. Elle crut pendant quelque temps marcher sur un reptile venimeux. Toutes les histoires qu'on lui avait contées des dives et des gouls (10) malfaisants, lui revinrent alors à la mémoire. Mais sa curiosité était plus forte que ses craintes. Elle entra donc avec fermeté dans un chemin tournant qui conduisait à la lueur, et elle n'alla pas bien loin sans se repentir de sa témérité. Hélas! dit-elle, que ne suis-je dans ces appartements illuminés, où je passe si sûrement mes soirées avec Gulchenrouz! Cher enfant! comme ton cœur palpiterait, si tu étais égaré comme moi dans ces affreuses solitudes!

Elle poursuivit cependant sa route, et arrivant à des degrés taillés dans le roc, elle les monta sans épouvante. La lumière qui grossissait alors graduellement, lui parut au-dessus d'elle sur le sommet de la montagne. Elle distingua bientôt les chants plaintifs et mélodieux de plusieurs voix unies, sortant d'une espèce de caverne, et ressemblant aux hymnes qu'on chante sur les tombeaux. Son oreille fut frappée en même temps d'un bruit semblable à celui qui se fait quand on remplit les bains.

Elle continua à monter, et aperçut de grandes torches de cire en flamme, plantées de distance en distance dans les fentes du roc. Ce spectacle la remplit de terreur, et l'odeur subtile et violente que les torches exhalaient la firent

tomber presque sans mouvement à l'entrée de la grotte.

Dans cette espèce d'extase, elle regarda dans la grotte, et vit une vaste cuvette d'or pleine d'eau, dont la vapeur distilla sur son visage une pluie d'essence de roses. Une douce symphonie se faisait entendre dans la grotte, et autour de la cuvette elle remarqua les signes de la royauté, des diadèmes et des plumes de héron, tous brillant d'escarboucles. Tandis que son attention était fixée sur cet étalage magnifique, la musique cessa, et elle entendit une voix qui faisait ces questions :

« Pour quel monarque ces flambeaux
» ont-ils été allumés, ces bains prépa-
» rés ? A qui sont destinées ces brillantes
» parures, dignes, non pas des souve-
» rains de la terre, mais des pouvoirs
» talismaniques ? » Une autre voix répondit : « Ils sont pour la charmante
» fille de l'émir Fakreddin. — Comment, reprit la première voix, pour

» cette petite folle qui perd son temps
» avec un sot enfant plongé dans la
» mollesse, et qui ne fera jamais qu'un
» époux efféminé. Ah ! reprit l'autre
» voix, peut-elle bien s'attacher à cette
» bagatelle, quand le Calife, le souve-
» rain du Monde, celui qui est destiné
» à jouir des trésors des sultans préa-
» damites, un prince de six pieds de
» haut, et dont les yeux pénètrent jus-
» qu'au fond de l'ame de toutes les
» femmes, est enflammé d'amour pour
» elle. Non, elle sera assez sage pour ne
» répondre qu'à la seule passion qui
» peut la couronner de gloire, et mé-
» priser le poupon fait pour amuser son
» enfance. Alors, toutes les richesses
» rassemblées en ce lieu, l'escarboucle
» même de Giamschid (11), seront à
» elle.—Vous jugez bien, répliqua la pre-
» mière voix, et je vais en hâte à Istakar
» préparer le palais des feux souterrains
» pour la réception des deux époux. »
Les voix cessèrent alors, les flam-

beaux (12) s'éteignirent, l'obscurité la plus profonde succéda, et Nouronihar revenant à elle pleine d'étonnement, se trouva couchée sur un sopha dans la maison de son père. Elle battit des mains pour appeler, et aussitôt Gulchenrouz entra avec ses femmes, qui, désespérées de l'avoir perdue, avaient envoyé des eunuques la chercher de tous côtés. Shaban parut avec les autres, et la réprimanda en prenant un air de conséquence. « Petite impertinente, lui dit-il, » avez-vous donc fait faire des fausses » clés, ou plutôt êtes-vous aimée de » quelque génie qui vous aura donné » un passe-partout ? Je veux voir jus- » qu'où va votre pouvoir. Allez à votre » chambre, fermez les abat-jours, et » n'attendez pas la compagnie de Gul- » chenrouz.... Allez vite, ou je vous en- » fermerai dans la double tour. »

A ces menaces, Nouronihar leva la tête d'un air indigné, fixa sur Shaban ses yeux noirs qui, depuis le dialogue

important de la grotte enchantée, étaient
considérablement agrandis, et lui dit
d'un air de dignité : « Parlez ainsi aux
esclaves, mais apprenez à respecter
celle qui est née pour donner des lois,
et soumettre tout à son pouvoir. »

Elle allait continuer sur le même
ton, mais elle fut interrompue par cette
exclamation soudaine : le Calife ! le Calife ! Au même instant, les rideaux s'ou-
vrirent tous à-la-fois, et l'on aperçut
les esclaves prosternés sur un double
rang ; le pauvre Gulchenrouz, saisi de
frayeur, se cacha sous un sopha. D'a-
bord il parut une file d'eunuques noirs,
traînant après eux de longues queues
de mousseline brodée en or, et tenant
à la main des encensoirs qui répan-
daient sur leur passage le parfum agréable du bois d'Aloës ; ensuite Babalouk,
avec une démarche solennelle, et se-
couant la tête, comme non content de
la visite. Vathek venait immédiatement
après, habillé superbement. Son port

était aisé et noble, et sa présence aurait
excité l'admiration, quand même il
n'aurait pas été le souverain du Monde.
Il s'approcha de Nouronihar, le cœur
palpitant, et parut enchanté de l'éclat
de ses yeux, dont il n'avait saisi jusqu'a-
lors que quelques rayons de lumière,
mais elle les baissa aussitôt, et sa confusion augmenta sa beauté. Babalouk,
adepte achevé dans les occasions pa-
reilles, et qui savait que les plus mauvais jeux doivent être joués avec le
meilleur visage, donna aussitôt le signal
pour que tout le monde se retirât ; et
apercevant sous le sopha le pied de Gulchenrouz, le tira sans cérémonie, mit le
jeune enfant sur ses épaules (13), et
lui prodigua, pendant qu'il sortait, les
plus odieuses caresses. Gulchenrouz
jetait des cris horribles, et résista avec
tant de force, que ses joues devinrent
rouges comme des grenades. Des pleurs
d'indignation roulaient dans ses yeux,
et il lança à Nouronihar un regard de

reproche des plus expressifs. Le Calife
qui l'aperçut, dit à Nouronihar : Est-ce
donc là votre Gulchenrouz ? Souverain
du Monde, répondit-elle, épargnez mon
cousin, dont l'innocence et la gentillesse
ne méritent pas votre colère. Rassurez-
vous, dit Vathek, il est en bonnes mains :
Babalouk est fou des enfants, et ne va
jamais sans bonbons ni sans confitures.
La fille de Fakréddin, toute déconcer-
tée, souffrit, sans ajouter un mot, qu'on
enlevât Gulchenrouz : l'agitation de son
sein décélait sa confusion ; et Vathek,
de plus en plus passionné, avait peine à
retenir ses transports, quand l'émir, en-
trant brusquement, se jeta le visage
contre terre aux pieds du Calife, et s'é-
cria : « Chef des fidèles, ne vous abais-
sez pas jusqu'à la plus chétive de vos
esclaves. » Non, émir, répondit Vathek,
je l'élève jusqu'à moi ; je la proclame
mon épouse, et la gloire de votre race
s'étendra de l'une à l'autre génération.
—Hélas ! seigneur, répliqua Fakreddin,

en arrachant sa respectable barbe, abrégez les jours de votre fidèle serviteur, plutôt que de l'obliger de manquer à sa parole. Nouronihar, ainsi que ses mains le prouvent (14), est solennellement promise à Gulchenrouz, le fils de mon frère Ali-Hassan ; ils sont aussi unis de cœur, leur foi est mutuellement engagée, et des promesses aussi sacrées ne peuvent pas être rompues. Quoi donc? répondit le Calife brusquement, voulez-vous soumettre cette divine beauté à un mari plus efféminé qu'elle? Et pensez-vous que je souffre que ses charmes se fanent dans des mains aussi faibles et aussi délicates. — Non, elle est destinée à être heureuse, en partageant mon trône. Telle est ma volonté. Retirez-vous, et ne troublez pas les instants que je dévoue à rendre hommage à ses charmes.

A ces paroles, l'émir irrité tira son sabre, le présenta à Vathek, et lui dit d'une voix ferme: « Frappez votre malheureux hôte, seigneur, il a vécu assez long-temps, puisqu'il a vu le prophète vice-gérent violer les droits de l'hospitalité (15). » Nouronihar, voyant le désespoir de son père, tomba évanouïe; Vathek, effrayé de son état, et furieux de l'opposition de l'émir à sa volonté, ordonna à Fakreddin de secourir sa fille, et se retira en lançant à ce malheureux père son regard terrible, qui le fit aussitôt tomber à la renverse, baigné dans la sueur et froid comme la mort.

Cependant Gulchenrouz, qui s'était échappé des mains de Babalouk, et revenait en ce moment, appela du secours aussi haut qu'il le put, n'ayant pas assez de force pour en donner lui-même. Ce pauvre enfant, pâle et palpitant, s'efforça, par ses caresses, de rappeler Nouronihar à la vie, et la chaleur pénétrante de ses lèvres eut un prompt succès. Fakreddin, commençant aussi à revenir de l'effet du regard du Calife, se traîna vers un siége; et après avoir

jeté avec peine ses yeux de côté et d'autre, pour voir si le redoutable prince
était parti, envoya chercher Shaban
et Sutlemême; et leur dit à voix basse:
« Mes amis, des maux violents deman-
dent d'aussi violents remèdes : le Calife
a mis la désolation dans ma famille;
comment résisterons-nous à son pouvoir? Un autre de ses regards m'enver-
rait infailliblement au tombeau. Allez
donc chercher cette poudre narcotique
que le derviche m'a apportée d'Aracan.
Une dose de cette poudre, dont l'effet
continuera trois jours, doit être admi-
nistrée à chacun de ces enfants. Le Calife croira qu'ils sont morts, car ils au-
ront l'apparence de la mort. Nous fein-
drons de les enterrer dans la cave de
Meimouné, à l'entrée du grand désert
de sable, et près de la cabane de mes
nains; et quand tous les assistants seront
retirés, vous, Shaban, et quatre eunuques choisis, les porterez au lac, où il

y aura pour eux des provisions pour un mois : car ce doit être, selon mon calcul, tout le temps que Vathek passera ici.

Votre plan est bon, dit Sutlemême, s'il peut être exécuté; mais j'ai remarqué que Nouronihar est bien en état de supporter les regards du Calife, et il est loin de les lui épargner. Soyez donc certain que, malgré son amitié pour Gulchenrouz, elle ne sera jamais tranquille pendant qu'elle croira que Vathek est ici, à moins que nous ne puissions lui persuader qu'elle et Gulchenrouz sont réellement morts, et qu'on les a transportés sur ces rochers pour un temps limité, afin d'expier les petites fautes dont leur amour a été la cause. Nous dirons aussi que nous nous sommes tués de désespoir, et les nains qu'ils n'ont pas encore vus leur feront de beaux sermons. Je m'engage, par ce moyen, à faire réussir toutes choses au gré de vos

souhaits. Soit, reprit Fakreddin : j'ap-
prouve votre proposition ; ne perdons
pas un moment.

La poudre fut donc apportée à l'instant
et mêlée dans un sorbet; on la fit boire
à Gulchenrouz et à Nouronihar. Dans
l'espace d'une heure, tous deux éprou-
vèrent des palpitations, et il s'ensuivit
bientôt un engourdissement général, et
un état semblable à celui de mort.

On entendit aussitôt dans le harem
jeter des cris perçants ; et Shaban et
Sutlemême feignaient avec beaucoup
d'adresse le rôle de personnes au désespoir; l'émir seul, accablé de chagrin et
d'inquiétude, n'eut pas besoin de jouer
la douleur.

Les esclaves, accourus de tous les
quartiers, restaient immobiles au spectacle qui s'offrait à leur vue. On avait
éteint toutes les lumières, excepté deux
lampes qui jetaient une lueur pâle sur les
visages de ces deux charmantes fleurs,
qui paraissaient fanées dans le printemps

de la vie. On prépara des habits (16) funéraires, leurs corps furent lavés avec de l'eau rose. On parfuma et on natta leurs belles tresses, et on les enveloppa de simarres plus blanches que l'albâtre. A l'instant où on plaçait sur leurs fronts deux guirlandes de leurs jasmins favoris, le Calife qui venait d'apprendre cette fatale catastrophe, arriva. Il était pâle et hagard comme les goules qui errent la nuit parmi les tombeaux. Tout hors de lui, et sans faire attention à ceux qui étaient présents, il passe à travers les esclaves, tombe prosterné au pied du sopha, se frappe le sein, se qualifie d'atroce meurtrier, et prononce mille imprécations contre lui-même. Il leva ensuite d'une main tremblante le voile qui couvrait le corps de Nouronihar, et jetant un cri affreux, tomba sans mouvement sur le plancher. Le chef des eunuques l'emporta, en faisant des grimaces horribles, et répétait sans cesse en s'en allant : « Oui, je savais bien qu'elle vous jouerait quelque mauvais tour. »

A peine le Calife fut-il parti, que l'émir ordonna qu'on apportât des cercueils, et défendit que personne n'entrât dans le harem : toutes les fenêtres en furent fermées, on brisa tous les instruments de musique (17), et tous les imans commencèrent à réciter des prières. Sur la fin de ce triste jour, Vathek pleurait en silence ; on avait fait cesser, avec des anodins, ses convulsions de rage et de désespoir.

A la pointe du jour suivant, les larges portes à deux battants du palais furent ouvertes, et la procession funéraire s'achemina vers la montagne. Le cri déplorable de la *ilah, illa, alla,* perça jusqu'au Calife, qui voulait à toute force accompagner la pompe funèbre, et on n'aurait pas pu l'en empêcher, si sa faiblesse excessive ne l'eût pas mis hors d'état de marcher. Il tomba aux premiers pas qu'il fit, et ses esclaves furent

obligés de le porter sur un lit où il resta
plusieurs jours dans un état d'insensi-
bilité qui excita la compassion de l'émir
même. Lorsque la procession fut arrivée
à la grotte de Meimouné, Shaban et
Sutlemême renvoyèrent toute la suite,
excepté les quatre eunuques de con-
fiance qu'on désigna pour y rester.

Après avoir demeuré quelques moments auprès des cercueils qu'on avait
laissés en plein air, ils les firent porter
sur le bord d'un petit lac, dont les ri-
vages étaient garnis de mousse grisâtre.
Ce lieu était le rendez-vous général des
hérons et des cigognes, qui venaient y
prendre des petits poissons bleus. Les
nains, instruits par l'ordre de l'émir, y
construisirent des cabinets de joncs et
de roseaux, ouvrage qu'ils faisaient avec
une adresse admirable. Ils bâtirent aussi
un magasin pour les provisions avec un
petit oratoire à leur usage, et élevèrent
une pyramide de bois proprement en-
tassé, pour fournir le combustible né-

cessaire, car l'air était froid dans le creux des montagnes.

Le soir, on alluma des feux sur le bord du lac, et les deux corps, retirés du cercueil, furent déposés avec soin sur un lit de feuilles mortes dans le même cabinet. Les nains commencèrent alors à réciter le Coran avec leurs voix claires et aiguës; et Shaban et Sutle-même restèrent à quelque distance, at-tendant avec inquiétude l'effet de la poudre. Bientôt Nouronihar et Gul-chenrouz étendirent faiblement les bras, et ouvrant peu à peu les yeux, commencèrent à regarder avec étonne-ment chaque objet qu'ils voyaient au-tour d'eux. Ils essayèrent de se lever, mais le manque de force les fit retom-ber. Sutlemême aussitôt leur administra un cordial dont l'émir avait eu soin de se pourvoir. Gulchenrouz se leva tout-à-fait, éternua avec force, et faisant un mouvement qui exprimait sa sur-prise, sortit du cabinet, et courut à l'air frais qu'il respira avec avidité. « Oui, dit-il, je respire encore, je suis encore existant! j'entends des sons, je vois un firmament brillant d'étoiles! » Nouronihar, à ces accents chéris, se débarrassa des feuilles qui la couvraient, et vola presser Gulchenrouz sur son sein.

Le premier objet qu'elle remarqua fut les longues simarres dont ils étaient revêtus, puis les guirlandes de fleurs et les pieds qu'ils avaient nus. Elle cacha son visage dans ses mains comme pour réfléchir. La vision du bain enchanté, le désespoir de son père, et, plus vivement que tout cela, la figure majestueuse de Vathek, lui revinrent à la mémoire. Elle se rappela aussi qu'elle et Gulchenrouz avaient été malades, et même mourants, mais tous ces souvenirs égaraient son esprit. Ne sachant pas où elle était, elle tourna ses yeux de tous côtés, comme pour reconnaître la scène qui l'entourait. Ce lac extraordinaire, ces flammes réfléchies sur sa surface, semblable à une glace, la pâle couleur de ses bords, les cabanes romantiques, les joncs dont les têtes languissantes ondoyaient tristement, les cigognes dont les cris mélancoliques se mêlaient aux voix aiguës des nains, tout tendait à lui persuader que l'ange de la mort (18) leur avait ouvert le portail de quelque autre monde.

Gulchenrouz, saisi d'étonnement et de terreur, se pressait contre sa cousine. Il se croyait dans la région des fantômes, et le silence de Nouronihar augmentait sa frayeur. A la fin, s'adressant à elle : « Où sommes-nous, » dit-il ; voyez-vous ces spectres qui » remuent des charbons brûlants ? » Monker et Nakir (19) viennent-ils » donc pour nous jeter dans ce foyer ? » Le pont fatal n'est-il pas sur ce lac, » dont le calme solennel nous cache » peut-être un abîme dans lequel nous » allons être condamnés à nous enfoncer

» pour toujours ? » Non, mes enfants,
dit Sutlemême, en s'approchant d'eux ;
prenez courage. L'ange exterminateur
qui a conduit nos ames ici, après les
vôtres, nous a assuré que le châtiment
de votre vie indolente et voluptueuse
serait restreint à un certain nombre
d'années que vous devez passer dans
cette affreuse retraite, où le soleil est
à peine visible, et dont le sol ne donne
ni fruit ni fleurs. — Ces petits-hommes,
continua-t-elle, en montrant les nains,
pourvoiront à nos besoins : car des ames
aussi mondaines que les nôtres conser-
vent une trop forte teinte de leur nature
terrestre, pour n'en pas avoir encore
après la mort.—Votre nourriture ne sera
que de riz au lieu de viande, et votre
pain sera humecté dans les brouillards
qui planent sur la surface du lac. A
cette perspective désolante, les pauvres
enfants fondirent en larmes ; et se pros-
ternèrent devant les nains qui soutin-
rent très bien leur caractère, et débi-

tèrent un excellent discours de la longueur accoutumée, sur le chameau
sacré (20), qui, après mille ans, devait
les porter au paradis des fidèles.

Le sermon fini, et les ablutions faites,
ils louèrent Alla et le prophète, soupè-
rent peu, et se retirèrent sur leurs feuilles
sèches. Ils se consolèrent cependant en
voyant que, quoique morts, ils étaient
encore tous deux dans la même cabane.
Comme ils avaient déjà bien dormi, le
reste de la nuit se passa en conversation
sur ce qui leur était arrivé, et craignant
les apparitions, ils se jetèrent dans les
bras l'un de l'autre.

Le lendemain matin, le temps était
bas et pluvieux ; les nains montèrent
sur de hautes perches semblables à des
minarets, et appelèrent à la prière. Toute
la congrégation, composée de Shaban,
Sutlemême, les quatre eunuques et
quelques cigognes, était déjà rassem-
blée. Les deux enfants sortirent de leur
cabane d'un pas lent, avec l'air abattu.

Comme leur esprit était dans une disposition tendre et mélancolique, ils firent leurs dévotions avec ferveur. A peine furent-elles finies, que Gulchenrouz demanda à Sutlemême et à ceux qui étaient avec elle, comment ils étaient morts si à propos pour sa cousine et pour lui? Nous nous sommes tués nous-mêmes, répondit Sutlemême, par désespoir de votre mort. Nouronihar qui, malgré ce qui s'était passé, n'avait pas oublié sa vision, s'écria : Et le Calife est-il mort aussi de douleur? viendra-t-il ici comme vous? Les nains, qui avaient une réponse préparée, répondirent froidement : Vathek est damné au-delà de toute rédemption. Réellement, dit Gulchenrouz? Je suis content de tout mon cœur que cela soit ainsi, car je suis sûr que c'est son maudit regard qui nous a envoyés ici pour écouter des sermons et manger du riz. Une semaine se passa sur le bord du lac, sans aucun changement, Nouronihar, rêvant à la grandeur dont la mort l'avait privée, et Gulchenrouz faisant des prières (21) et des paniers avec les nains qui lui plaisaient infiniment.

Pendant que cette scène d'innocence se passait dans les montagnes, le Calife eut avec l'émir une entrevue bien différente de la première. Dès l'instant que Vathek recouvrit l'usage de ses sens, il cria d'une voix qui fit trembler Babalouk : « Perfide Giaour, je renonce à toi pour toujours ; c'est toi qui a assassiné ma chère Nouronihar. Je supplie Mahomet de me pardonner : il me l'aurait conservée si j'avais été plus sage. Qu'on apporte de l'eau pour mes ablutions, et qu'on appelle le vieux Fakreddin pour offrir ses prières avec les miennes, et nous réconcilier ensemble. Nous irons après visiter le sépulcre de sa fille. Oui, j'ai résolu de devenir ermite, et de passer le reste de mes jours sur cette montagne, dans l'espérance d'expier mon crime.

Cependant Nouronihar n'était pas tranquille; car quoiqu'elle aimât toujours son cousin, qu'on avait laissé en entière liberté avec elle pour augmenter encore leur tendresse mutuelle, elle ne pouvait s'empêcher de songer souvent à l'escarboucle de Giamschild. Dans de certains moments elle concevait des doutes sur son état de mort, et avait peine à croire que les morts eussent tous les besoins et les fantaisies des vivants.

Pour se satisfaire sur un doute aussi pressant, elle se leva un matin pendant que tout le monde dormait, et sans faire le moindre bruit, quitta les côtés de Gulchenrouz, après lui avoir donné un baiser, et se mit à suivre les détours du lac, jusqu'à ce qu'elle le vît se terminer par un rocher dont le sommet était accessible, quoique très élevé. Elle y monta avec bien de la peine, et en ayant atteint les hauteurs, elle courut, semblable à une daine qui,

sans-le-savoir, suit son chasseur; quoiqu'elle sautât avec la prestesse d'une
gazelle, elle était cependant obligée de
s'arrêter de temps en temps, et de se
reposer sous les tamaris pour repren-
dre haleine. Tandis que couchée sous
leurs branches, elle était occupée de
ses petites réflexions sur ce qu'elle
croyait connaître l'endroit où elle était,
Vathek qui était sorti avant l'aube, se
présente à sa vue. Retenu par la surprise, il n'osait approcher. La créature
qui paraissait devant lui était couverte
d'une simarre, étendue sur la terre,
pâle et tremblante, mais charmante.

Nouronihar, levant enfin ses beaux
yeux sur lui, avec un air mêlé de plaisir et de chagrin, lui dit : « Seigneur,
êtes-vous venu ici pour manger du riz
et entendre des sermons avec moi? »
Fantôme adoré, répondit Vathek, parles-
tu bien? est-ce la même forme gra-
cieuse? les mêmes traits radieux?
es-tu de même palpable? Et l'embras-

sant avec vivacité, il ajouta : oui, c'est un corps animé ; ce sein renferme une douce chaleur. Que signifie un pareil prodige ? Nouronihar, doutant de la réalité de ce qu'elle voyait, répliqua avec méfiance: « Vous savez, Seigneur, que je mourus dans la nuit que vous m'honorâtes de votre visite ; mon cousin dit que la cause de ma mort fut un de vos regards, mais je ne peux pas le croire, car ils ne me paraissent pas si terribles. Gulchenrouz mourut avec moi, et nous fûmes transportés tous deux dans un séjour de désolation où nous sommes nourris de mauvaise cuisine. Si vous êtes mort aussi et venu ici pour nous retrouver, je plains votre sort, car vous serez étourdi du bruit que font les nains et les cigognes. Il est d'ailleurs extrêmement mortifiant pour vous et pour moi d'avoir perdu les trésors du palais souterrain.

Au nom du palais souterrain, le Calife suspendit ses caresses, qui, en vérité, avaient été un peu loin, pour savoir de Nouronihar l'explication de ce qu'elle venait de lui dire.

Elle lui raconta sa vision, ce qui suivit immédiatement, et l'histoire de sa prétendue mort, y ajoutant une description du palais d'expiation, duquel elle avait fui, et tout cela d'un ton qui aurait excité le rire de Vathek, si son esprit n'avait pas été profondément occupé. A peine eut-elle fini, qu'il la pressa de nouveau contre son sein, en s'écriant : « Lumière de mes yeux, le mystère est dévoilé ; nous sommes tous deux vivants ; votre père est un fourbe qui nous a trompés pour nous séparer ; et Giaour, dont l'intention est, autant que je peux le deviner, que nous soyons unis ensemble, ne vaut guère mieux. Au reste, il se passera quelque temps avant qu'il nous voye dans son palais de feu. Votre charmante personne m'est bien plus précieuse que tous les trésors des sultans préadamites. Oubliez donc

ce petit morveux de Gulchenrouz, et...
— Ah ! Seigneur, interrompit Nouronihar, je vous supplie de ne pas lui faire
de mal. — Non, non, reprit Vathek, je
vous ai déjà dit de n'avoir pas d'inquiétude pour lui ; il a été trop nourri de
miel et de sucre pour pouvoir exciter
ma jalousie ; nous le laisserons avec les
nains : leur compagnie lui conviendra
bien mieux que la vôtre. D'ailleurs, je
ne verrai pas davantage votre père : je
ne veux pas que lui et ses radoteurs me
fassent tinter dans les oreilles la viola-
tion des droits de l'hospitalité, comme
s'il était moins honorable pour vous d'é-
pouser le souverain du Monde, qu'une
jeune fille habillée en garçon.

Nouronihar ne trouva rien à opposer
à un discours aussi éloquent ; elle aurait souhaité seulement que le monarque amoureux eût montré plus d'ardeur
pour l'escarboucle de Giamschild ; mais
elle se flattait que cela viendrait par
la suite, et en conséquence elle se ré-

signa à sa volonté avec une soumission enchanteresse.

Quand le Calife jugea qu'il était convenable de le faire, il appela Babalouk qui dormait dans l'antre de Meimouné, et rêvait que le fantôme de Nouronihar l'ayant remonté sur son escarpolette, lui avait donné une secousse telle, que dans des instants il s'élevait au-dessus des montagnes, et dans d'autres, il descendait dans l'abîme. Se réveillant en sursaut à la voix de son maître, il courut précipitamment, arriva hors d'haleine, et pensa tomber à la renverse à la vue du spectre (car il le croyait ainsi) qui l'avait poursuivi dans son rêve. « Ah ! Seigneur, s'écria-t-il, en reculant de dix pas et couvrant ses yeux de ses deux mains, faites-vous donc à présent l'office d'un goul ? Je vois bien véritablement que vous avez déterré une morte ; mais ce n'est pas, j'espère, pour en faire votre proie, quoiqu'elle soit bien capable, après tout ce qu'elle m'a fait souffrir, de faire de vous la sienne. »

Cesse tes folies, dit Vathek ; tu seras bientôt convaincu que c'est Nouronihar elle-même, vivante et bien portante, que tu vois avec moi.

Va donc, et dresse ma tente dans la vallée voisine : je fixerai là ma retraite avec cette belle tulipe que nous verrons bientôt briller des plus vives couleurs. Exerce donc tes moyens pour nous procurer tout ce qui peut augmenter les jouissances de la vie, jusqu'à ce que je te fasse connaître ma dernière volonté.

La nouvelle d'un événement aussi malheureux que la fuite de Nouronihar parvint bientôt aux oreilles de l'émir, qui s'abandonna au désespoir, et se couvrit le visage de cendres, ainsi que toutes ses barbes grises. Il s'ensuivit parmi eux une apathie générale. Les voyageurs ne furent plus aubergés ; on ne distribua plus d'emplâtres, et au lieu de l'activité charitable qui avait animé cet asile, tous ses habitants ne montraient plus que des visages longs d'une demi-coudée, et poussaient des soupirs analogues à leur situation pitoyable.

Mais quoique Fakreddin regardât sa fille comme perdue pour lui pour toujours, il n'oubliait pas pour cela Gulchenrouz, et dépêcha aussitôt des instructions à Sutlemême, Shaban et les nains, leur enjoignant de ne plus tromper cet enfant sur son état, mais de le transporter, sous quelque prétexte, loin du rocher élevé, à l'extrémité du lac, à un endroit qu'il désignerait comme plus à l'abri du danger, car il soupçonnait que Vathek lui voulait du mal.

Cependant Gulchenrouz était inquiet et chagrin de ne pas revoir sa cousine, et les nains n'étaient pas moins surpris. Mais Sutlemême, qui avait plus de pénétration, devina aussitôt ce qui était arrivé; elle amusa le jeune garçon, par l'espoir d'embrasser encore Nouronihar

dans les réduits intérieurs des montagnes, où la terre, jonchée d'orangers
et de jasmins, offrait des lits bien plus
engageants que les feuilles sèches de
leur cabane, et où ils pourraient accompagner leurs voix du son de leurs luths,
et courir ensemble après les papillons.

Sutlemême en avait beaucoup dit sur
ce chapitre, quand un des quatre eunuques la tira à part pour lui apprendre
l'arrivée d'un messager de leur con-
frérie, qui avait déclaré le secret de la
fuite de Nouronihar, et apportait les
ordres de l'émir. On tint aussitôt con-
seil avec Shaban et les nains, et le ba-
gage ayant été préparé de suite, ils
s'embarquèrent dans un sloop, et vo-
guèrent tranquillement avec le jeune
enfant, qui consentit à toutes leurs pro-
positions. Tout allait bien jusqu'à l'endroit où le lac s'enfonçait dans le creux
du rocher, mais aussitôt que la barque
y fut entrée, Gulchenrouz, se trouvant
dans l'obscurité, fut saisi d'une frayeur

horrible, et jeta des cris perçants : car il se persuadait qu'il allait être damné pour avoir pris, pendant sa vie, trop de petites libertés avec sa cousine.

Mais retournons au Calife et à celle qui maîtrisait son cœur. Babalouk avait dressé la tente, et fermé l'extrémité de la vallée avec des écrans magnifiques de toile des Indes, gardés par des esclaves éthiopiens, le sabre à la main. Pour conserver la verdure de ce beau lieu dans toute sa fraîcheur, les eunuques arrosaient sans relâche. On entendait sans discontinuité, près du pavillon impérial, un mouvement violent d'éventails (22), et par le jour voluptueux qui perçait à travers les mousselines, le Calife jouissait, de tous ses yeux, des charmes de Nouronihar. Enivré de délices, il était tout oreilles pour sa charmante voix, accompagnée par le luth. Elle n'était pas moins charmée de la description qu'il lui faisait de Samarah, et de la tour remplie de merveilles, mais particulièrement de sa relation de l'aventure de la balle et du gouffre de Giaour avec son portail d'ébène.

Babalouk, dont cette charmante fille avait regagné les bonnes grâces, n'épargnait aucun soin pour que leurs repas fussent servis avec la plus minutieuse exactitude : quelque rareté exquise était toujours placée devant eux, et il envoya jusqu'à Schiraz chercher ce vin odoriférant et délicieux qui avait été mis en bouteilles (23) avant la naissance de Mahomet. Il avait taillé dans le roc de petits fours pour cuire les miches délicates pétries par les mains de Nouronihar ; le Calife les trouvait si bonnes, que tous les autres mets préparés par ses femmes lui déplaisaient ; et elles seraient mortes chez l'émir du chagrin de se voir ainsi négligées, si Fakreddin, malgré son ressentiment, n'eût pas eu pitié d'elles.

La sultane Dilara, qui, jusqu'alors,

avait été la favorite, ressentit cet abandon du Calife avec la véhémence naturelle à son caractère. Pendant sa faveur,
elle avait pris de Vathek beaucoup de
ses idées extravagantes, et brûlait d'impatience de voir les superbes tombes
d'Istakar, et le palais des Quarante-Co-
lonnes : ayant d'ailleurs été élevée parmi
les mages, elle avait applaudi avec chaleur au dessein du Calife, de se consa-
crer lui-même au culte du feu, et la
conduite inconstante et voluptueuse de
Vathek avec sa rivale était pour elle
une double source d'affliction. La piété
passagère du Calife lui avait auparavant causé quelques sérieuses alarmes ;
mais sa dévotion actuelle lui paraissait
un bien plus grand mal. Elle résolut
donc, après quelque hésitation, d'écrire
à Carathis, et de lui mander que tout
allait mal, qu'on avait mangé, dormi,
et qu'on s'était fort amusé chez un
vieux émir, dont la sainteté était formidable, et que l'espérance de posséder

les trésors des sultans préadamites, était
plus éloignée que jamais. Cette lettre
fut confiée à deux bûcherons qui tra-
vaillaient dans les grandes forêts des
montagnes, et qui, connaissant les che-
mins les plus courts, arrivèrent à Samarah en dix jours.

La princesse Carathis jouait aux
échecs avec Morakanabad, quand on
annonça l'arrivée des bûcherons. Elle
avait abandonné les hautes régions de
la tour quelques semaines après l'absence de Vathek, parce que tout paraissait en confusion dans les étoiles qu'elle
consultait sur le destin de son fils. En
vain avait-elle renouvelé ses fumiga-
tions, et s'était couchée elle-même sur
la terrasse pour obtenir des visions mys-
tiques, elle ne voyait dans ses rêves que
des pièces de brocart, des bouquets de
fleurs et d'autres babioles insignifiantes.
Ces contrariétés l'avaient mise dans un
état d'abattement qu'aucune drogue en
son pouvoir n'était capable de faire

cesser. Sa seule ressource était dans la compagnie de Morakanabad, bon homme, mais qui, quand il était avec elle, ne se croyait pas sur des roses.

Personne ne savait rien de Vathek, et mille histoires ridicules se débitaient sur son compte. On conçoit donc aisément le transport de Carathis en recevant la lettre, ainsi que sa rage en apprenant la conduite déréglée de son fils. « Puisque c'est ainsi, dit-elle, ou je périrai, ou Vathek entrera dans le palais de feu. Que j'expire dans les flammes, pourvu qu'il règne sur la terre de Soliman ! »

Après avoir dit ces paroles, et s'être tournée en rond d'une manière magique (24), qui fit reculer Morakanabad de peur, elle ordonna qu'on amenât son grand chameau Alboufaki, et que la hideuse Nerkes et l'inflexible Cafour l'accompagnassent. Je ne veux pas d'autre suite, dit-elle à Morakanabad : je pars pour des affaires imprévues; trève donc à la cérémonie. Ayez soin du peuple, pressurez-le bien pendant mon absence, car nous dépenserons de grandes sommes, et personne ne sait ce qui peut arriver.

La nuit était singulièrement obscure, et un vent pestilentiel soufflait sur la plaine de Catoul. Ce vent aurait arrêté tout autre voyageur, quelque urgentes qu'eussent été ses affaires; mais Carathis jouissait de ce qui remplissait le plus les autres de crainte. Nerkes fut de son opinion pour partir, et Cafour avait une prédilection particulière pour la peste. Dans la matinée, la caravane, avec les bûcherons qui dirigeaient sa route, fit halte sur le bord d'un marais très étendu, duquel il s'élevait une vapeur si fétide, qu'elle aurait fait périr tout autre animal qu'Alboufaki, qui respirait sans danger ces brouillards.

Les paysans qui les conduisaient prièrent qu'on ne dormît pas là la nuit. Dormir? s'écria Carathis; excellente

idée. Je ne dors jamais que pour avoir
des visions, et quant aux femmes de
ma suite, leurs occupations sont trop
grandes pour qu'elles puissent fermer
l'œil unique que chacune d'elles pos-
sède. Les pauvres paysans, désolés de
se trouver en pareille compagnie, restaient la bouche ouverte de surprise.

Carathis mit pied à terre, ainsi que
ses négresses, et se dépouillant d'une
partie de leurs habits, elles coururent
cueillir, dans les endroits où le soleil
brillait le plus, les plantes venimeuses
qui croissaient dans le marais. Cette
provision fut faite pour la famille de
l'émir, et quiconque voudrait retarder
l'expédition d'Istakar. Les bûcherons,
en voyant courir ces horribles fantômes,
furent saisis de frayeur, et restaient
effarés au commandement de Carathis
d'aller en avant, quoiqu'il (25) fût
midi, et qu'il fît une chaleur à calciner
les rochers. Mais ils furent obligés de
marcher malgré eux, en dépit de toutes

les remontrances. Ce qui les affligea
bien plus, ce fut de ne pouvoir se procurer de subsistances : car les chèvres
et les brebis que la Providence avait
placées dans le district qu'ils traver-
saient pour désaltérer les voyageurs
avec leur lait, avaient pris la fuite à
la vue de l'odieux chameau et de ses
étranges écuyers. Pour Carathis, elle
n'avait pas de provisions : un opiat de
son invention, et qu'elle partagea avec
ses muettes, l'empêchait de sentir le
besoin de manger

. Sur la fin de la nuit, Alboufaki s'ar-
rêtant subitement, frappa du pied, et
Carathis qui le devinait, se crut certaine d'être près d'un cimetière (26).
Elle ne se trompait pas, et bientôt on
aperçut au clair de la lune une grande
quantité de tombeaux. Il y en avait au
moins deux cents sur le penchant d'une
colline, quelques-uns en forme de pyra-
mides, d'autres semblables à des co-
onnes, et les autres de formes variées,

Les malheureux conducteurs, abîmés de fatigue, ne purent aller plus loin, et expirèrent à cette vue, avec une espèce de consolation, espérant que Carathis leur accorderait les honneurs de la sépulture qu'ils lui demandèrent en mourant. Cette princesse, qui avait une présence d'esprit admirable, songea aussitôt à tirer parti de cet événement, et à se rendre favorables les goules qui devaient habiter ce séjour, en leur abandonnant les cadavres des pauvres bûcherons. Elle les attira donc par ses paroles magiques, et, pour prix de son présent, elle apprit d'eux ce qu'elle voulait savoir.

Après cette agréable entrevue, elle résolut de continuer son voyage, et monta aussitôt Alboufaki, malgré les sollicitations de ses aimables négresses, qui avaient pris goût à la société des goules. Elle marcha quatre jours et quatre nuits sans tourner à droite ou à gauche ; le cinquième, elle traversa les montagnes et des forêts à moitié brûlées, et arriva le sixième derrière les beaux écrans qui cachaient à tous les yeux les voluptueux égaremens de son fils.

Il était jour, et les gardes à leurs postes dormaient dans une sécurité parfaite, lorsque le trot cahotant d'Alboufaki les réveilla, et les saisit de consternation. S'imaginant voir un groupe de spectres sortis de l'abîme, ils prirent aussitôt la fuite. Vathek, en ce moment, était au bain avec Nouronihar, écoutant des histoires, et riant de Babalouk qui les contait. Au bruit que firent les gardes, il s'élança hors du bain, mais s'y replongea aussitôt à la vue de Carathis, qui, s'avançant sur son chameau avec ses négresses, s'ouvrit un passage à travers les tendelets de mousseline et les rideaux du pavillon. A cette apparition soudaine, Nouronihar, qui ne se trouvait pas tout-à-fait exempte de remords, crut que l'instant de la vengeance céleste était arrivé, et dans un tendre déses-

poir, se pressa cortre le Calife. Carathis, toujours assise sur son chameau,
écumait d'indignation au spectacle qui
se présentait à sa chaste vue. « Monstre!
s'écria-t-elle, quelle conduite est la
tienne ? N'es-tu pas honteux de préférer
une si chétive créature au sceptre des
sultans préadamites ? Est-ce donc bien
pour elle que tu as violé les conditions
écrites sur le parchemin ? Est-ce bien à
elle que tu as sacrifié tes heures les plus
précieuses ? C'est donc là le fruit des
connaissances que je t'ai données ? Est-
ce là le but de ton voyage ! Arrache-toi
des bras de cet enfant, plonge-la dans
l'eau devant moi, et suis-moi sur-le-
champ. »

On ne peut se faire une idée de la
fureur de Vathek à ces paroles, car son
premier mouvement était terrible. Mais
en songeant à Giaour, au palais d'Istakar, aux sabres et aux talismans, il devint modéré, et dit à sa mère d'un ton
poli, mais décidé : « Terrible dame,

vous serez obéie, mais je ne quitterai
pas Nouronihar; elle est, autant que
moi, passionnée pour les escarboucles,
surtout pour celle de Giamschild, qui
lui a été aussi promise. Elle ira donc
avec nous; car je prétends reposer avec
elle sous le dais de Soliman. » — A la
bonne heure, répondit Carathis, en met-
tant pied à terre, et laissant le chameau
sous la garde de ses femmes.

Nouronihar, qui avait repris courage,
dit au sultan de l'air le plus tendre:
« Cher souverain de mon ame, je te sui-
vrai, si c'est ta volonté, au-delà du Kaf,
au pays même des Afrits. Non, je n'hé-
siterais pas de grimper avec toi au nid
du Simurgh, qui (cette dame exceptée),
est bien la plus effrayante de toutes les
créatures. » — Cette fille, dit Carathis, a
de l'instruction et du caractère. » Quoi
qu'il en fût, cette jeune fille ne pouvait
s'empêcher de penser avec regret aux
grâces de son petit Gulchenrouz et aux
jours de bonheur qu'elle avait passés

avec lui. Elle versa même quelques larmes que Carathis remarqua, et sans y faire attention, laissa échapper un profond soupir suivi de ces paroles : « Hélas ! mon gentil cousin, que vas-tu devenir ? » Vathek qui l'entendit, fronça le sourcil, et Carathis s'informant de ce que cela signifiait : « C'est un soupir hors de saison, dit le Calife, pour un jeune garçon aux yeux languissants et aux cheveux blonds dont elle est aimée. —Où est-il ? répliqua Carathis. Il faut que je fasse connaissance avec ce joli enfant ; car, ajouta-t-elle en baissant la voix, je veux, avant de partir, regagner les bonnes grâces de Giaour, et je sais que rien n'est délicieux à son goût comme le cœur d'un enfant délicat, palpitant des premiers transports d'amour. » Après ces paroles, elle se retira dans la tente qu'on lui avait préparée.

Vathek, aussitôt qu'il fut sorti du bain, ordonna à Babalouk de rassembler ses femmes et les autres objets

transportables de son harem, et de se
tenir, avec ses troupes, prêt à marcher
dans trois jours.

Carathis, reposant dans sa tente, fut
favorisée par Giaour de visions encou-
rageantes. A son réveil, elle trouva à
ses pieds Nerkes et Cafour, qui l'infor-
mèrent par leurs signes qu'ayant mené
Alboufaki sur les bords du lac, où
étaient des herbes qui paraissaient pas-
sablement venimeuses, elles avaient
aperçu quelques poissons (27) bleus de
la même espèce que ceux du réservoir
sur le haut de la tour. Ah! ah! dit elle,
je veux aller les voir. Ces poissons sont
sans doute d'une espèce à laquelle, par
une opération magique, je veux faire
rendre des oracles. Ils me diront où
est ce petit Gulchenrouz que je suis
disposée à sacrifier aux goules.

Comme il est rare qu'on perde du
temps quand on a l'intention de faire
du mal à quelqu'un, la princesse et ses
négresses se rendirent sur-le-champ sur

le bord du lac, où, après avoir brûlé les drogues magiques dont elles étaient toujours pourvues, elles se déshabillèrent et se précipitèrent dans le lac, Nerkes et Cafour tenant des torches allumées, et Carathis prononçant ses barbares enchantements. A ses paroles magiques, les poissons mirent tous ensemble la tête hors de l'eau qui fut violemment agitée par le mouvement de leurs nageoires, et se trouvant forcés par la puissance du charme, laissèrent échapper de leurs bouches qui s'ouvraient avec peine, cette espèce de discours : « Que voulez-vous savoir ? des ouïes à la queue nous sommes à vous. » — Poissons, répondit Carathis, je vous en conjure par vos écailles brillantes, dites-moi où est Gulchenrouz. — « Au » delà du rocher, répondit la troupe » en chœur; cela vous suffit-il ? » — C'est assez, reprit la princesse, je sais que vous n'aimez pas les longues conversations. Dès qu'elle eut cessé de parler, les poissons disparurent, et le lac redevint calme. Carathis, entraînée par la malignité de ses projets, fut en un instant de l'autre côté du rocher, et trouva Gulchenrouz endormi sur un arbre, et les deux nains qui veillaient à ses côtés et récitaient leurs prières accoutumées. Ces petits personnages possédaient la faculté de sentir de loin un ennemi des bons Musulmans. Ils devinèrent donc l'arrivée de Carathis, qui, à la vue de Gulchenrouz, se dit à elle-même : Comme sa charmante petite tête est posée tranquillement ! que ses regards sont doux et languissants ! Il est justement l'enfant de mes souhaits.

Les nains interrompirent ce charmant soliloque en s'élançant sur la princesse qu'ils égratignèrent avec tout le zèle dont ils étaient animés ; mais Nerkes et Cafour, accourant au secours de leur maîtresse, les pincèrent si rudement qu'ils rendirent l'âme l'un et l'autre, implorant la plus cruelle vengeance de

Mahomet sur cette méchante femme et toute sa maison.

Au bruit que cet étrange combat fit dans la vallée, Gulchenrouz se réveilla, et sauta avec précipitation sur un vieux figuier qui s'élevait sur le penchant du rocher, de là gagna leurs sommets, et courut pendant deux heures sans regarder une seule fois en arrière. Mais bientôt, épuisé de fatigue, il tomba sans connaissance dans les bras d'un vieux génie, dont l'unique occupation était de protéger les enfants. Ce bon génie, en faisant dans l'air ses rondes accoutumées, avait aperçu le cruel Giaour, grognant dans l'horrible gouffre, et lui avait enlevé les cinquante petites victimes que l'impiété de Vathek avait dévouées à sa gloutonnerie, les avait portées dans des nids plus élevés que les nuages 28), et avait lui-même fixé son séjour dans un de ces nids plus vaste que les autres, dont il avait chassé ceux qui l'avaient bâti.

Ces asiles inviolables étaient défendus
contre les attaques des dives et des afrits
par des flammes flottantes sur lesquelles
étaient inscrits en caractères d'or les
noms d'Alla et du prophète. Ce fut là
que Gulchenrouz, qui n'était pas encore détrompé sur sa prétendue mort,
se crut dans le séjour de la paix éter-
nelle. Il reçut sans avoir peur les féli-
citations de ses petits amis, rassemblés
tous dans le nid du vénérable génie, et
il éprouva bientôt que cette situation
était celle qui convenait à son cœur.
Eloigné des inquiétudes qu'on éprouve
sur la terre, de l'impertinence et de la
brutalité des eunuques des harems, et
de la fourberie des femmes, ses jours,
ses mois, ses années s'écoulèrent imper-
ceptiblement dans cette paisible société,
et il n'était pas moins heureux que ses
compagnons, que le génie, au lieu de
les combler de richesses périssables, ou
de leur apprendre les vaines sciences

du monde, avait doués d'une enfance perpétuelle.

Carathis ne se consolant pas de la perte de sa proie, prononça mille exécrations contre ses négresses pour n'avoir pas saisi l'enfant au lieu de s'amuser à pincer les nains jusqu'à la mort; ce qui ne lui avait été d'aucun avantage. Elle retourna en murmurant dans la vallée, et trouvant encore son fils dans les bras de Nouronihar, elle déchargea son humeur sur l'un et sur l'autre. Cependant, l'idée de partir pour Istakar le jour suivant, et de faire, avec les bons offices de Giaour, une connaissance intime avec Eblis lui-même, la consola bientôt; mais le sort en avait ordonné autrement. Dans la soirée, comme elle causait avec Dilara qui, par sa dénonciation, était devenue sa favorite, et dont les goûts cadraient avec les siens, Babalouk vint lui annoncer que les astres, du côté de Samarah, étaient d'un rouge de feu, et semblaient pré-

sager quelque grand désastre. Recou-
rant aussitôt à ses instruments de magie,
elle prit la hauteur des planètes, et découvrit, à sa grande mortification, qu'il
y avait eu à Samarah une révolte formidable; que Morakavel, profitant de
la haine invétérée du peuple pour son
frère, avait excité un soulèvement, s'é-
tait rendu maître du palais, et inves-
tissait au moment même la grande tour
dans laquelle Morakanabad s'était re-
tiré avec une poignée de gens restés
fidèles à Vathek.

« Eh quoi ! s'écria-t-elle, perdrai-je
donc ma tour, mes muets, mes négresses,
mes momies ? Et ce que je prise plus que
tout cela, le laboratoire dans lequel j'ai
passé tant de nuits, et sans savoir si mon
étourdi de fils complétera son aventure ?
Mais, non; je vole au secours de Morakanabad : les nuages, obéissant à mon
art formidable, lanceront une pluie de
pierres sur les assaillants, et les perce-
ront de flèches enflammées : je ferai

sauter sous leurs pas des mines de serpents et de torpédos, et nous verrons
quelle résistance ils pourront faire
contre une telle explosion. »

Après ces paroles, Carathis se hâta
de rejoindre son fils qu'elle trouva tranquillement à table avec Nouronihar,
dans sa superbe tente couleur d'incar-
nat. « Insensé! lui dit-elle; que devien-
drais-tu si je ne veillais sur tes actions?
Tes fidèles sujets ont abjuré la foi qu'ils
t'ont jurée. Morakavel ton frère règne
maintenant sur le coteau des Chevaux-
Pies; et si je n'avais pas encore quelques ressources dans la tour, on ne
parviendrait pas à le faire descendre du
trône. Mais je n'ai pas de temps à
perdre, et je ne te dis plus que ces mots:
Plie tes tentes à la nuit, vas en avant,
et prends garde de ne pas t'amuser sur
la route. Quoique tu aies manqué à la
condition prescrite dans le parchemin,
je ne suis cependant pas sans espérance,
car il faut convenir que tu as parfaite-

ment violé les droits de l'hospitalité, en séduisant la fille de l'émir, après avoir partagé son pain et son sel. Une telle conduite ne peut qu'être agréable à Giaour, et si, dans ta marche, tu peux ajouter à ce crime quelque autre crime qui en soit digne, tout ira bien encore, et tu entreras en triomphe dans le palais de Soliman. Adieu, Alboufaki et mes négresses m'attendent.

Le Calife n'avait rien à répondre; il souhaita à sa mère un heureux voyage, et continua de souper.

A minuit, le camp fut levé au son des trompettes et des autres instruments de guerre. Mais le bruit, quelque fort qu'il fût, ne l'était pas assez pour qu'on n'entendît pas les gémissements de l'émir et de ses barbes grises. Nouronihar, à qui cette symphonie était pénible, ne se plaignit pas de s'en éloigner. Elle accompagna le Calife dans la litière impériale, et se consola en songeant à la splendeur qui allait bientôt l'entourer.

Les autres femmes, abîmées de douleur, furent tristement bercées dans
leurs cages, et Dilara seule se consolait
par le plaisir anticipé de célébrer les
rites du feu sur les majestueuses ter-
rasses d'Istakar.

Le quatrième jour, ils arrivèrent à la
grande ville de Rokuabad. Le printemps
était alors dans toute sa fraîcheur, et
les branches grotesques des amandiers
en fleurs bigarraient fantastiquement
le bleu clair du ciel. La terre, ornée
d'hyacinthes et de jonquilles, exhalait
une odeur qui répandait dans l'ame un
calme divin. Des myriades d'abeilles,
et à-peu-près autant de santons, avaien
pris leur demeure au même endroit. Des
ruches (29) et des oratoires étaient
alternativement rangés sur le bord d'un
ruisseau; et leur propreté et leur blancheur étaient relevées par le vert foncé
des cyprès qui s'élevaient parmi eux en
aiguilles. Ces pieux santons s'amusaient
à cultiver de petits jardins qui abon-

daient en fleurs et en fruits, surtout en melons musqués, d'un parfum tel qu'il n'y en avait pas de plus exquis en Perse, et à élever des paons plus blancs que la neige, et des tourterelles bleues comme le saphir. Au milieu de ces douces occupations, ils aperçurent les avant-coureurs de la marche impériale, qui firent aussitôt cette proclamation: «Habitants » de Roknabad, prosternez-vous sur le » bord de vos ondes pures, et adressez » vos remercîments au ciel qui con- » sent à vous favoriser d'un rayon de » sa gloire: le commandant des fidèles » approche. »

Les pauvres santons, remplis d'un saint enthousiasme, ayant promptement allumé des torches de cire dans leurs oratoires, et étendu le Coran sur leurs pupitres d'ivoire, allèrent au devant du Calife portant des corbeilles pleines de rayons de miel, de dattes et de melons. Mais pendant qu'ils s'avançaient en procession solennelle et à pas mesurés,

les chameaux, les chevaux et les gardes
marchaient sur leurs tulipes, et y faisaient un dégât horrible; et ces pieux
cénobites, malgré leur résignation, ne
purent s'empêcher de jeter d'un œil
un regard de reproche sur le Calife, en
levant l'autre vers le ciel.

Nouronihar, ravie de la beauté du
lieu qui rappelait à sa mémoire les agréa-
bles solitudes où elle avait passé son
enfance, engagea Vathek à s'y arrêter.
Il y consentit; mais soupçonnant que
chaque oratoire pouvait être considéré
par Giaour comme une habitation sé-
parée, il commanda à ses pionniers de
les raser tous. Les santons restèrent immobiles d'horreur à cet ordre barbare,
et se répandirent en lamentations; mais
ils le firent de si mauvaise grâce, que
Vathek ordonna à ses eunuques de les
chasser de sa présence. Il descendit alors
de la litière avec Nouronihar, et tous
deux se mirent à courir dans la prairie,
à cueillir des fleurs, et à se faire l'un

à l'autre mille espiégleries. Mais les abeilles, zélées musulmanes, croyant qu'il était de leur devoir de venger l'injure faite aux santons leurs maîtres, se mirent en mouvement avec tant d'activité, que le Calife et sa favorite furent très heureux de trouver leurs tentes préparées pour les recevoir.

Babalouk, qui faisait l'office de pourvoyeur de manière à mériter des applaudissements, fit embrocher aussitôt quelques douzaines de paons et de tourterelles, et en fit mettre autant en fricassée. La table fut bientôt couverte; et pendant que Vathek et Nouronihar riaient à plaisir du banquet fourni si généreusement, les moullahs, les sheiks (30), les cadis et les imans de Schiraz (qui sans doute n'avaient pas rencontré les santons), arrivèrent conduisant avec des brides de rubans sur lesquels le Coran était inscrit, une bande d'ânes chargés de fruits choisis de leur pays.

Après avoir présenté leur offrande

au Calife, ils l'engagèrent à honorer
leur ville et ses mosquées de sa présence. N'espérez pas, dit Vathek, animé
par le vin qu'il avait bu, pouvoir me retenir. Je veux bien accepter vos présents, mais je vous prie de ne pas me
presser davantage, car j'aime la tenta-
tion, et je crains d'y succomber. Retirez-vous donc. Mais comme il n'est pas
décent que d'aussi respectables personnages aillent à pied, et que vous n'avez
pas l'air de fameux cavaliers, mes eunuques vous attacheront sur vos ânes,
avec la précaution de ne pas tourner
vos dos de mon côté, car ils savent l'éti-
quette. Il y avait dans la députation
quelques sheiks, francs de caractère,
qui, prenant Vathek pour un fou, ne se
firent pas de scrupule de dire leur opinion. Babalouk les entoura d'une double
corde, et ayant attaché à leurs ânes des
orties sur la croupe, ces bêtes se mirent
à courir d'une vitesse singulière, caraco-
lant, se poussant et courant l'une contre

l'autre de la manière la plus plaisante.
Ce spectacle, et la chute de la plupart
des députés, excitèrent les éclats de rire
du Calife et de Nouronihar, qui ne cessèrent que quand toute la députation
fut hors de leur vue.

Deux jours, qui ne furent troublés par
aucune ambassade, ayant été consacrés
aux plaisirs que pouvait procurer Roknabad, la caravane se remit en marche,
laissant Schiraz à droite, et se dirigeant
vers une grande plaine, de laquelle on
distinguait au bord de l'horizon, les
sommets obscurs des montagnes d'Istakar.

A cet aspect, le Calife et Nouronihar
ne purent retenir leurs transports ; ils
se précipitèrent de leur litière, et se
livrèrent à de si fortes exclamations de
joie, que ceux qui les entendaient en
restaient stupéfaits. Cependant les bons
génies qui n'avaient pas tout-à-fait abandonné Vathek, s'adressant à Mahomet

dans le septième ciel, lui firent cette prière :

« Prophète miséricordieux, étends
» une main propice vers ton vice-gé-
» rent qui est prêt à tomber sans res-
» source dans les piéges que les dives ses
» ennemis ont dressés pour le prendre.
» Giaour attend son arrivée dans l'abo-
» minable palais du feu ; et si une fois
» il y met le pied, sa perte sera inévi-
» table. »

Mahomet répondit avec un ton d'indignation : « Il a trop mérité d'être aban-
» donné à lui-même ; mais je permets de
» tenter si un effort de plus pourra le
» détourner de sa ruine. »

Alors, un de ces génies (31) bienfaisants, prenant la figure d'un berger
plus renommé pour sa piété que tous
les derviches et les saintons des envi-
rons, se plaça près d'un troupeau de
brebis blanches sur le penchant d'un
coteau, et prenant sa flûte, en tira des
sons d'une mélodie si pathétique, qu'ils

subjuguaient l'ame, et y réveillant le remords, en éloignaient toutes les idées frivoles.

A ces sons puissants, le soleil se cacha sous un nuage sombre, et les eaux de deux petits lacs qui étaient naturellement plus clairs que le cristal, devinrent couleur de sang. Vathek et toute sa suite furent entraînés (32) malgré eux vers le penchant du coteau où ils restèrent tous confus, les yeux baissés, et se reprochant le mal qu'ils avaient fait. Le cœur de Dilara même palpitait, et le chef des eunuques, avec un soupir de contrition, implorait le pardon des femmes qu'il avait si souvent tourmentées pour sa propre satisfaction. Le Calife et Nouronihar devinrent pâles dans leurs litières, et se regardant d'un air hagard, se reprochèrent eux-mêmes, l'un mille crimes des plus noirs, et des projets impies d'ambition, l'autre, la désolation de sa famille et la perte de l'aimable Gulchenrouz.

Nouronihar croyait entendre dans cette
fatale musique les gémissements de son
père mourant, et Vathek, les sanglots
des cinquante enfants qu'il avait sa-
crifiés à Giaour. Maîtrisés tous les deux
par ces reproches amers, ils se sentirent
poussés vers le berger, dont la contenance était si imposante, que Vathek,
en le voyant, parut intimidé pour la
première fois de sa vie, tandis que Nouronihar, confuse de honte, se couvrait
le visage de ses mains. La musique cessa
bientôt, et le génie, s'adressant au Calife : « Prince esclave de tes passions,
» dit-il, la Providence t'a confié le soin
» d'innombrables sujets; est-ce ainsi
» que tu remplis ta mission? Tes crimes
» sont à leur comble, et tu marches à la
» hâte vers ta punition. Tu sais qu'E-
» blis (33) et ses maudits dives ont leur
» infernal empire au-delà de ces mon-
» tagnes ; et séduit par un fantôme mal-
» faisant, tu vas te mettre en leur pou-
» voir. Ce moment est le dernier de

» grâce qui te soit accordé : abandonne
» ton atroce dessein ; retourne sur tes
» pas ; rends Nouronihar à son père qui
» conserve encore quelques étincelles
» de vie ; détruis ta tour et toutes les
» horreurs qu'elle renferme ; éloigne
» Carathis de tes conseils ; sois juste
» envers tes sujets ; respecte les minis-
» tres du prophète (34) ; compense tes
» impiétés par une vie exemplaire ; et,
» au lieu de passer tes jours dans une
» voluptueuse paresse, va pleurer tes
» crimes sur le tombeau de tes ancê-
» tres. Tu vois les nuages qui obscur-
» cissent le soleil ; si, à l'instant qu'il
» reprendra sa splendeur, ton cœur
» n'est pas changé, le temps de grâce
» qui t'est assigné sera passé pour tou-
» jours. »

Vathek, saisi de frayeur, fut sur le
point de se prosterner aux pieds du berger, qu'il voyait être d'une nature au-
dessus de l'homme ; mais son orgueil
l'emportant, il leva audacieusement la

tête, en lui lançant un de ses terribles regards :

« Qui que tu sois, dit-il, ou tu te » trompes, ou tu es trompé toi-même. » Si ce que j'ai fait est aussi criminel » que tu le prétends, il n'y a pas de » grâce pour moi. J'ai traversé une mer » de sang pour acquérir un pouvoir qui » fera trembler tes pareils. Ne m'en- » gage pas à me remettre en mer, quand » je suis près du port, et ne pense pas » que j'abandonne celle qui m'est plus » chère que la vie et que ton pardon. » Laisse paraître le soleil; qu'il éclaire » ma carrière; n'importe où elle doit se » terminer. »

En prononçant ces mots, qui firent frissonner le génie même, Vathek se jeta dans les bras de Nouronihar, et commanda qu'on reprît la route.

On obéit sans peine à ses ordres, car l'attraction avait cessé. Le soleil parut dans toute sa splendeur, et le génie s'é-vanouit en poussant un cri lamentable.

Cependant, la fatale impression de la musique restait gravée dans le cœur des suivants de Vathek. Ils se regardèrent les uns les autres avec un air de consternation. La plupart s'enfuirent à l'approche de la nuit; et de tout cet assemblage nombreux, il ne resta que le chef des eunuques, quelques esclaves idolâtres, Dilara et quelques autres femmes dévouées comme elle à la religion des mages.

Le Calife, possédé de l'ambition de donner des lois aux intelligences de ténèbres, fut peu troublé de cet abandon; et l'impétuosité de son sang l'empêchant dès-lors de se livrer au sommeil, il ne campa plus comme auparavant.

Nouronihar, dont l'impatience surpassait peut-être la sienne, l'importunait pour hâter sa marche, et lui prodiguait mille caresses pour étouffer en lui toute réflexion. Elle se croyait déjà plus puissante que Balkis (35); et se peignait dans son imagination les génies

tombant prosternés au pied de son
trône.

Ils marchèrent au clair de la lune,
jusqu'à ce qu'ils fussent arrivés au pied
de deux rochers en forme de tours, qui
formaient une espèce de portail à la
vallée, à l'extrémité de laquelle s'élevaient les ruines d'Istakar. Au haut de
la montagne on découvrait les sommets
de plusieurs mausolées royaux, dont
les ombres de la nuit augmentaient l'aspect sombre. Ils passèrent à travers
deux villages presque déserts : les seuls
habitants qu'il y eût étaient quelques
vieillards affaiblis par l'âge, et qui, à la
vue des chevaux et des litières, tombè-
rent sur leurs genoux, en s'écriant :
« O ciel ! est-ce donc par ces fantômes
» que nous avons été tourmentés pen-
» dant six mois ? Hélas ! ce fut la ter-
» reur que nous causèrent ces spectres
» et le bruit qu'on entendit sous les
» montagnes qui ont fait fuir de ce lieu

» les habitants qui nous ont laissés à la
» merci des esprits malfaisants. »

Le Calife, pour qui ces complaintes
étaient de mauvais augure, marcha sur
le corps de ces malheureux vieillards,
et arriva bientôt au pied de la terrasse
de marbre blanc. Il y descendit de sa
litière, donnant la main à Nouronihar.
Tous deux, le cœur palpitant, regardaient avec effroi, de côté et d'autres,
et attendaient, avec un frisson de crainte,
l'approche de Giaour, mais rien n'an-
nonçait encore son arrivée.

Un silence de mort régnait sur la
montagne et dans les airs. La lune dila-
tait sur une vaste plate-forme l'ombre
des hautes colonnes qui s'élevaient de
la terrasse jusqu'aux nues. Les sombres
et innombrables observatoires étaient
sans toits, et leurs chapiteaux, d'une
architecture inconnue (36) dans les
annales de la terre, servaient d'asile aux
oiseaux de nuit, qui prirent la fuite à la

vue de Vathek et de ceux qui l'accompagnaient, en jetant des cris plaintifs.

Le chef des eunuques tremblant de
peur, pria le Calife de faire allumer des
feux. Ce n'est pas le moment, lui dit le
Calife; restez ici, et attendez mes ordres.

Il présenta alors la main à Nouronihar, et montant les degrés d'un vaste
escalier, ils se rendirent sur la terrasse
qui, pavée de pierres de marbre carrées,
paraissait un lac immense d'une eau
calme et limpide. Sur la droite s'élevaient les observatoires rangés devant
les ruines d'un immense palais, dont les
murs étaient chargés de différentes figures en bas-reliefs. Sur le front on voyait
les formes colossales de quatre figures,
composées du léopard et du griffon qui
inspiraient la terreur. Près d'elles, on
distinguait, à la clarté de la lune qui
brillait sur ce triste lieu, des caractères
semblables à ceux des sabres de Giaour,
et qui possédaient comme eux la vertu
de changer à tout moment. Après avoir

vacillé pendant quelque temps , ils se fixèrent enfin en lettres arabesques , et présentèrent au Calife les paroles suivantes:

« Vathek, tu as violé les conditions
» de mon parchemin : tu mérites d'être
» renvoyé. Mais, en faveur de ta com-
» pagne, et comme récompense de ce
» que tu as fait pour l'obtenir, Eblis
» permet que le portail de ce palais te
» soit ouvert, et le feu souterrain te re-
» cevra au nombre de ses adorateurs. »

Il avait à peine lu ces mots, que la montagne à laquelle la terrasse était adossée, fut ébranlée, et ses observatoires prêts à s'écrouler sur eux. Le rocher s'entr'ouvrit, et découvrit dans son intérieur un escalier de marbre poli qui paraissait mener à l'abîme. Sur chaque degré de l'escalier étaient placés deux énormes flambeaux semblables à ceux que Nouronihar avait aperçus dans sa vision ; et la vapeur de camphre qui s'en échappait, se rassemblait en nuage sous le creux de la voûte.

Ce spectacle, au lieu d'épouvanter la fille de Fakreddin, lui donna un nouveau courage, et elle abandonna sans hésitation la pure atmosphère, pour se plonger dans les infernales exhalaisons. La démarche de ces personnages impies était fière et déterminée. Comme ils descendaient à la lueur des flambeaux, ils se regardèrent avec une admiration réciproque, et se virent l'un et l'autre si brillants, qu'ils se crurent déjà des intelligences spirituelles. En se hâtant de descendre avec impétuosité, ils sentirent leurs pas accélérés au point qu'ils ne paraissaient pas marcher, mais tomber (37) dans un précipice. Leur marche cependant fut bientôt arrêtée par un vaste portail d'ébène que le Calife reconnut sans difficulté. Giaour les attendait là, la clé à la main. «Soyez les bien venus, leur dit-il avec un sourire horrible : en dépit de Mahomet et de

tous ses dépendants, je vous admettrai
dans ce palais où vous avez si bien mérité d'entrer. » En prononçant ces paroles, il toucha de sa clé la serrure
émaillée du portail, et les portes s'ou-
vrirent aussitôt avec un fracas plus fort
que celui du tonnerre dans les montagnes, et se refermèrent dès qu'ils furent
entrés.

Le Calife et Nouronihar se regardaient l'un l'autre, étonnés de se trouver dans un lieu si spacieux et si élevé,
que, quoique avec un toit en voûte, ils
le prirent pour une plaine immense.
Mais leurs yeux s'accoutumant bientôt
à la grandeur des objets à leur portée,
leurs regards s'étendirent jusqu'aux plus
éloignés, et découvrirent des rangs de
colonnes et d'arcades qui diminuaient
par gradation, jusqu'à se terminer par
un point radieux comme le soleil lorsqu'il darde ses derniers rayons sur l'O-
céan. Le pavé (38), jonché de poudre
d'or et de safran, répandait une odeur

si subtile, qu'ils en furent presque suf-
foqués. Ils avancèrent cependant, et
observèrent une infinité d'encensoirs,
dans lesquels brûlaient sans interruption l'ambre gris et le bois d'aloës. Des
tables étaient placées entre les colonnes,
et couvertes d'une profusion de viandes
et de vins de toutes espèces, brillant
dans des verres de cristal. Une troupe
de génies et d'esprits fantastiques de
différents sexes, dansaient lascivement
en bande au son d'une musique souter-
raine. Dans le milieu de cette vaste
salle, passait sans cesse une immense
multitude, dont tous les individus tenaient la main droite sur le cœur, et ne
regardaient rien de ce qui était autour
d'eux. Ils avaient tous la pâleur livide
de la mort; et leurs yeux enfoncés res-
semblaient à ces météores phosphori-
ques qui brillent la nuit aux lieux de
sépulture. Quelques-uns se promenaient
lentement, absorbés dans une profonde
rêverie; d'autres, jetant des cris de

douleur, couraient comme des furieux, et semblables aux tigres blessés de flèches empoisonnées; d'autres enfin grinçaient des dents, écumaient de rage, et paraissaient plus insensés que les maniaques les plus féroces. Ils s'évitaient les uns les autres; et, quoique entourés d'une multitude innombrable, chacun errait à l'écart, comme s'il eût été seul dans un désert.

Vathek et Nouronihar, glacés de terreur à un spectacle si affreux, demandèrent à Giaour ce que cela signifiait, et pourquoi ces spectres ambulants n'ôtaient jamais leurs mains de dessus leur cœur. « Ne vous inquiétez pas, répondit-il brusquement; vous en voyez tant à-la-fois que vous connaîtrez bientôt tout. Hâtons-nous d'arriver au trône d'Eblis.

Ils continuèrent leur chemin à travers la multitude; mais, malgré l'assurance qu'ils avaient eue d'abord, ils n'étaient pas assez calmes pour examiner

avec attention les perspectives variées
des salles et des galeries qui s'ouvraient
à droite et à gauche, et étaient toutes
éclairées par des torches et des brasiers
dont les flammes s'élevaient en pyramide vers le centre de la voûte. Ils arrivèrent enfin à un endroit où de longs
rideaux de brocard cramoisi et or tombaient de toutes parts dans une confusion remarquable. On n'y entendait
plus de chœurs, de chanteurs; on n'y
voyait plus de danses, et la lumière qui
l'éclairait venait de loin.

Quelque temps après, ils aperçurent
un rayon de lumière brillant à travers
la draperie, et entrèrent dans un vaste
tabernacle tapissé de peaux de léopards.
Une infinité de vieillards à longues barbes, et d'afrits en armure complète,
étaient prosternés devant une éminence
très élevée, au sommet de laquelle on
voyait le formidable Eblis sur un globe
de feu. Sa figure était celle d'un jeune
homme dont les traits nobles et régu-

liers paraissaient avoir été altérés par des vapeurs malignes. L'orgueil et le désespoir se peignaient dans ses grands yeux; ses cheveux flottants avaient quelque ressemblance avec ceux des anges de lumière. Dans sa main, que le tonnerre avait brûlée, il tenait le sceptre de fer qui a fait trembler le monstre Ouranabad (39), les afrits et tous les pouvoirs de l'abîme. A sa vue, les forces manquèrent au Calife; et, pour la première fois de sa vie, il tomba prosterné la face contre terre. Nouronihar, quoique fort effrayée, ne put s'empêcher d'admirer la personne d'Eblis, car elle s'était attendue (40) à voir quelque géant monstrueux. Eblis, d'une voix plus douce qu'on ne l'aurait attendu, mais qui répandait dans l'ame la plus profonde mélancolie, leur dit: « Créatures d'argile, je vous reçois dans mon empire; vous êtes comptées parmi mes adorateurs : jouissez de tout ce qui se trouve ici, des trésors des sultans préadamites, de leurs sabres querelleurs, et de ces talismans qui forcent les dives d'ouvrir les vastes souterrains de la montagne de Kaf, qui communique avec celle - ci. Quelque insatiable que soit votre curiosité, vous trouverez ici de quoi la satisfaire. Vous jouirez du privilége exclusif d'entrer dans la forteresse d'Aherman et dans les palais d'argent où sont représentées toutes les créatures douées d'intelligence, et les différents animaux qui habitaient la terre antérieurement à la création de cet être méprisable que vous appelez le père du genre humain. »

Vathek et Nouronihar, ranimés et encouragés par ces paroles, s'écrièrent avec vivacité à Giaour : « Conduis-nous » sur - le - champ au lieu qui contient » ces précieux talismans. — Venez, ré- » pondit le méchant dive, avec sa gri- » mace maligne, venez et possédez ce » que mon souverain a promis, et plus » encore. » Il les conduisit alors dans

une longue aile joignant le tabernacle,
les précédant à pas précipités, et suivi
de même par ses disciples. Ils arrivèrent
bientôt à une salle d'une grande étendue, et couverte d'un dôme fort élevé,
autour duquel étaient cinquante portes
de bronze fermées par autant de ser-
rures de fer.

Une obscurité funèbre régnait sur
toute la scène. Sur des lits de cèdre in-
corruptible, on voyait couchées les
formes sans chair des rois préadamites
qui avaient été monarques de toute la
terre. Ils conservaient assez de vie pour
connaître leur déplorable condition.
Leurs yeux avaient encore un mouvement triste ; ils se jetaient les uns aux
autres des regards pleins du plus profond abattement, et tenaient tous leur
main droite (41) sur le cœur.

A leurs pieds étaient inscrits les évé-
nements de leurs différents règnes, leur
pouvoir, leur orgueil et leurs crimes.
On y voyait Soliman Raad, Soliman

Daki et Soliman di Gian Ben Gian, qui, après avoir enchaîné les dives dans les noires cavernes de Kaf, devinrent si présomptueux, qu'ils doutaient qu'il y eût un pouvoir suprême. Tous ces rois avaient gouverné de grands états, mais leur pouvoir n'était pas à comparer avec celui de Soliman Ben Daoud.

Ce roi, si renommé pour sa sagesse, occupait la place la plus élevée, et immédiatement sous le dôme. Il paraissait plus vivant que les autres; il poussait de temps en temps de profonds soupirs, et, de même que les autres, tenait sa main droite sur son cœur. Cependant il avait l'air plus calme, et paraissait occupé à écouter le bruit sourd d'une cataracte dont on apercevait une partie par le grand portail. Ce bruit interrompait seul le silence de ces lugubres demeures. Une rangée de vases de bronze entourait l'élévation où était Soliman. « Ote les couvercles de ces dépositaires » cabalistiques, dit Giaour à Vathek,

» et sers-toi de ces talismans qui brise-
» ront toutes ces portes de bronze, et te
» rendront maître non seulement des
» trésors qu'elles renferment, mais aussi
» des esprits par qui ils sont gardés. »
Le Calife, que ces préliminaires de mauvais augure avaient entièrement dé-
concerté, approcha des vases à pas in-
certains, et fut prêt à tomber de terreur quand il entendit les gémissements
de Soliman. Comme il s'avançait, une
voix sortie des lèvres livides du prophète, articula ces mots : « Lorsque je
» vivais (42), j'étais assis sur un trône
» magnifique ; j'avais à ma main droite
» douze mille siéges d'or sur lesquels les
» patriarches et les prophètes écoutaient
» ma doctrine ; à ma gauche, les juges
» et les docteurs, assis sur des trônes
» d'argent, étaient présents à toutes mes
» décisions. Tandis que j'administrais
» ainsi la justice à une multitude in-
» nombrable, les oiseaux se balançant
» dans les airs, me formaient un dais
» contre les rayons du soleil. Mon peu-

» ple prospérait, et mon palais s'élevait
» jusqu'aux nuages. Je consacrai au
» Très-Haut un temple qui faisait l'é-
» tonnement de tout l'univers; mais
» je me laissai honteusement entraîner
» par l'amour des femmes, et une cu-
» riosité pour les choses sublunaires
» que je ne pouvais retenir. J'écoutai
» les conseils d'Aherman et de la fille
» de Pharaon, et j'adorai le feu et les
» ennemis du ciel. J'abandonnai la
» sainte cité, et je commandai aux gé-
» nies d'élever l'admirable palais d'Is-
» takar, et la terrasse des observatoires,
» dont chacun était consacré à une
» étoile. Je me vis ainsi, pendant quel-
» que temps, élevé au zénith de la gloire
» et du plaisir. Les hommes, les êtres
» même surnaturels, étaient soumis à
» ma volonté. Je crus, comme avaient
» déjà fait les malheureux monarques
» qui m'entourent, que la vengeance cé-
» leste dormait. Mais, en un clin-d'œil,
» le feu du ciel a détruit mes palais,

» et m'a précipité dans ces lieux, où ce-
» pendant je ne suis pas, comme les au-
» tres qui les habitent, tout-à-fait privé
» d'espérance, car un ange de lumière
» a révélé qu'en considération de la
» piété de ma tendre jeunesse, mes mal-
» heurs finiront quand cette cataracte
» cessera de tomber. Jusque-là je souffre
» des tourments ineffables. Un feu (43)
» qui ne s'éteint jamais dévore mon
» cœur. »

En cessant de parler, Soliman leva
ses mains vers le ciel d'une manière
suppliante, et le Calife aperçut à travers
son sein qui était transparent comme le
cristal, son cœur enveloppé de flammes.
A ce spectacle horrible, Nouronihar
tomba à la renverse, et comme pétri-
fiée entre les bras de Vathek, qui s'écria
avec un sanglot convulsif : « O Giaour!
où nous as-tu conduits ? Laisse-nous
partir, et je renoncerai à tout ce que
tu as promis. O Mahomet! n'y a-t-il
donc plus de grâce ? « Non, non, ré-

» pondit le cruel dive; apprends, prince
» féroce, que tu es dans la demeure de
» la vengeance et du désespoir; ton
» cœur brûlera, ainsi que ceux des
» adorateurs d'Eblis. Quelques jours te
» sont accordés avant l'instant fatal;
» emploie-les comme tu le voudras;
» repose-toi sur ces amas d'or, com-
» mande aux potentats infernaux, mar-
» che avec orgueil dans ces immenses
» domaines souterrains; aucune bar-
» rière ne se fermera devant toi. Quant
» à moi, j'ai rempli ma mission; je te
» laisse maintenant à toi-même. »

A ces paroles, le Calife et Nouronihar restèrent plongés dans la plus profonde affliction; leurs pleurs ne pouvaient couler; à peine pouvaient-ils se
soutenir. Cependant, se prenant tristement par la main, ils sortirent en
chancelant de cette salle fatale, indif-
férents sur le chemin qu'ils prendraient.
Chaque portail s'ouvrit à leur approche; les dives tombaient prosternés de-

vant eux, tous les réservoirs de richesses s'ouvraient à leurs yeux, mais ils n'éprouvaient plus les desirs de la curiosité, de l'orgueil ou de l'avarice. Ils entendirent avec apathie le chœur des génies, et virent avec indifférence les superbes banquets préparés pour eux. Ils allaient errant de chambre en chambre, de salle en salle, de galerie en galerie, sans jamais en trouver la fin: toutes étaient couvertes de la même obscurité, ornées avec la même magnificence, et traversées par les mêmes personnes, cherchant le repos et la consolation, mais les cherchant en vain, car chacun portait en soi un cœur tourmenté par les flammes. Evités par les différents personnages dont les regards paraissaient accuser les compagnons de leurs crimes, ils se retirèrent à l'écart pour attendre dans un doute cruel le moment qui les rendrait l'un pour l'autre un objet de terreur.

« Eh quoi ! disait Nouronihar, il vien-

» dra donc ce temps où j'arracherai ma
» main de la tienne. — Ah! dit Vathek,
» mes yeux pourront-ils donc cesser de
» puiser dans les tiens de longs traits de
» jouissance? Faudra-t-il ne plus penser
» qu'avec horreur à nos extases réci-
» proques? Mais je ne m'en prends pas à
» toi; ce n'est pas toi qui m'as amené ici;
» les principes par lesquels Carathis a
» perverti ma jeunesse ont été la seule
» cause de ma perte. »

Après ces pénibles expressions, il appela un afrit qui retirait un cœur des
brasiers, et lui ordonna d'amener Carathis du palais de Samarah.

Ils continuèrent ensuite à marcher
parmi la foule silencieuse, jusqu'à ce
qu'ils entendirent des voix au bout de
la galerie; présumant qu'elles venaient
de quelques malheureux qui, comme
eux, attendaient leur arrêt final, ils
suivirent le son, et reconnurent qu'il
partait d'une petite chambre carrée, où
ils aperçurent cinq jeunes gens de belle

figure, et une femme charmante, assis sur des sophas, qui tenaient une conversation mélancolique à la lueur d'une lampe obscure. Ils avaient tous l'air sombre et triste, et deux d'entre eux se tenaient embrassés tendrement. En voyant entrer le Calife et la fille de Fakreddin, ils se levèrent, saluèrent, et leur donnèrent place. Alors, celui qui paraissait le plus distingué s'adressa ainsi à Vathek :

« Etrangers, qui sans doute êtes dans le même état d'attente que nous, puisque vous ne portez pas encore vos mains sur votre cœur, si vous êtes venus ici pour passer le temps accordé avant l'infliction de notre commune punition, ayez la complaisance de nous raconter les aventures qui vous ont amenés à ce lieu fatal ; et en retour nous vous dirons les nôtres, qui ne méritent que trop d'être entendues. Nous reprendrons nos crimes jusqu'à la source ; quoiqu'il ne nous soit pas permis de nous en repen-

tir, c'est la seule occupation convenable à des malheureux comme nous. »

Le Calife et Nouronihar acceptèrent
la proposition, et Vathek commença,
non sans pleurs, un récit exact de chacune de ses actions. Quand il eut fini
ce narré affligeant, le jeune homme
commença le sien, chacun continua à
son tour; et quand le quatrième prince
en fut à-peu-près à la moitié de ses
aventures, un bruit soudain l'interrompit; la voûte trembla et s'ouvrit. Il en
sortit un nuage, qui, se dissipant graduellement, laissa voir Carathis sur le
dos d'un afrit (44), qui se plaignait amè-
rement de son fardeau. La princesse
s'élançant à terre, s'avança vers son fils,
et lui dit : « Que fais-tu ici, dans cette
» petite chambre carrée? Puisque les
» dives obéissent à tes signes, je croyais
» te trouver sur le trône des sultans préa-
» damites.

» Femme exécrable, répondit le Ca-
» life, maudit soit le jour où tu me

» donnas la naissance ! Va, suis ton afrit ;
» qu'il te conduise à la salle du prophète
» Soliman ; c'est là que tu apprendras à
» qui ces palais sont destinés, et com-
» bien je dois abhorrer les connaissances
» impies que tu m'as données.

» Certes, reprit Carathis, la grandeur
» du pouvoir où tu es parvenu, t'a trou-
» blé la cervelle ; mais, je ne demande
» que la permission de présenter mon
» hommage au prophète. Il est cepen-
» dant à propos que tu saches que l'afrit
» m'a appris que personne de nous ne
» doit retourner à Samarah. J'ai donc,
» avant de partir, mis ordre à mes af-
» faires, et, profitant du peu de mo-
» ments qu'il m'a donnés, j'ai embrasé
» la tour, et fait périr dans les flammes
» les muets, les négresses et les serpents
» qui m'ont rendu tant de bons services.
» J'en aurais fait autant de Morakana-
» bad, s'il ne m'eût prévenu en déser-
» tant près de ton frère. Pour Babalouk,
» ainsi que ses confrères, je les ai fait

» pendre, après m'être défait de tes
» femmes, avec le secours de mes né-
» gresses qui ont passé ainsi leurs der-
» niers moments avec beaucoup de sa-
» tisfaction. La seule Dilara, qui fut
» toujours ma favorite, a prouvé l'éten-
» due de son esprit, en se fixant au ser-
» vice d'un des mages, et sera, je crois,
» bientôt des nôtres. »

Vathek, trop affecté pour pouvoir
exprimer l'indignation que lui causait
un pareil discours, ordonna à l'afrit
d'éloigner Carathis de sa présence, et
resta plongé dans une rêverie que ses
compagnons n'osaient pas troubler.

Cependant Carathis entra avec intré-
pidité dans le temple de Soliman ; et,
sans faire la moindre attention aux gémissements du prophète, ôta hardiment
les couvercles des vases, et saisit les
talismans avec violence. Alors, avec
une voix telle qu'on n'en avait jamais
entendu dans ces demeures, elle commanda aux dives de lui découvrir les

trésors les plus cachés, ceux que l'afrit lui-même n'avait pas vus. Elle passa par des escaliers rapides, connus seulement d'Eblis et de ses potentats favoris, et pénétra ainsi jusqu'aux entrailles de la terre, où souffle le sansar, vent glacé de la mort. Rien n'effrayait son ame intrépide. Elle aperçut seulement dans tous les individus qui portaient la main sur le cœur une singularité qui ne lui plut pas beaucoup.

Au moment où elle sortait d'un des abîmes où elle avait pénétré, Eblis apparut à ses yeux dans tout l'éclat de sa majesté infernale; mais sa contenance n'en fut point altérée; elle lui fit même son compliment avec assurance. Ce superbe monarque lui répondit ainsi:

« Princesse, dont le savoir et les
» crimes ont mérité une place distin-
» guée dans mon empire, tu fais bien
» d'employer le loisir qui te reste; car
» les flammes et les tourments qui sont
» prêts à saisir ton cœur, te donneront

» beaucoup d'occupation. » Il dit, et disparut sous les rideaux de son tabernacle.

Carathis resta un moment immobile de surprise, mais résolue à suivre l'avis d'Eblis, elle rassembla tous les chœurs des génies et tous les dives pour qu'ils lui rendissent leurs hommages ; et s'élançant en triomphe à travers la vapeur des parfums, au milieu des acclamations de tous les esprits malfaisants, parmi lesquels elle trouva beaucoup d'anciennes connaissances, elle projetait déjà de détrôner un des Solimans, dans le dessein d'usurper sa place, lorsqu'une voix, sortie de l'abîme de la mort, fit entendre ces paroles : « Tout » est accompli. » Au même instant, le front altier de cette intrépide princesse fut frappé d'agonie. Elle jeta un cri effroyable ; et plaça, pour ne l'en retirer jamais, sa main droite sur son cœur, qui était devenu le foyer d'un feu éternel.

Dans cet état de délire, détestant tous ses projets ambitieux et sa passion pour les connaissances qui devraient toujours être cachées aux mortels, elle renversa les offrandes des génies, et maudissant l'heure de sa naissance, et les entrailles qui l'avaient portée, elle s'élança (45) dans un tourbillon qui la rendit invisible, et commença à tourner sans interruption.

Presque au même instant, la même voix annonça le terrible et irrévocable décret au Calife, à Nouronihar, aux cinq princes et à la princesse. Leurs cœurs prirent feu sur-le-champ, et ils perdirent aussitôt le plus précieux don du ciel, l'espérance. Ces personnages malheureux s'éloignèrent les uns des autres avec les regards de la plus furieuse frénésie. Vathek ne voyait dans les yeux de Nouronihar que rage et vengeance, et elle ne distinguait dans les siens qu'aversion et désespoir. Les deux princes, amis intimes, et qui jusqu'à ce moment avaient conservé leur attachement, se quittèrent avec des grincements de dents, signe d'une haine mutuelle. Kalila et sa sœur se montrèrent une indignation réciproque, et les deux autres princes se témoignèrent l'horreur qu'ils éprouvaient l'un pour l'autre, par des cris convulsifs. Tous se mêlèrent séparément dans la multitude, pour errer avec elle dans l'éternité et souffrir sans relâche.

Telle fut, et telle devait être la punition de ceux qui avaient toujours obéi à leurs passions et commis des actions atroces. Tel est le châtiment réservé à l'ambition qui veut franchir les limites que le Créateur a prescrites à la science humaine, et qui s'attachant à faire des découvertes réservées à la pure intelligence, contractent cet orgueil aveugle qui n'aperçoit pas que la condition imposée à l'homme est d'être ignorant et humble.

Ainsi, le calife Vathek, qui s'était

souillé par mille crimes, pour l'amour
d'une pompe vaine et d'un pouvoir criminel, devint la proie d'une douleur
sans fin. Au lieu que l'humble et dé-
daigné Gulchenrouz passa des âges en-
tiers dans une tranquillité parfaite,
jouissant constamment du bonheur pur
de l'enfance.

FIN DU SECOND ET DERNIER VOLUME.

NOTES

DU SECOND VOLUME.

---

(1) Pag. 2. (*Megnoun et Leileh.*)

Ces personnages sont regardés parmi les Arabes
comme les plus beaux, les plus chastes et les plus
passionnés des amants ; et leurs amours ont été cé-
lébrées avec tout le charme poétique du langage oriental. Les mahométans font autant de cas du recueil
poétique de ces amours, que les juifs de l'Épousée et
de l'Époux, et du Cantique des Cantiques. (*Herbelot*,
p. 573.)

(2) Pag. 2. (*Darder la lance à la chasse*)

C'était le passe-temps favori des jeunes Arabes, et
ils y étaient tellement habiles (ce qui les préparait
pour les combats de la guerre et de la chasse), qu'ils
pouvaient enlever un anneau sur la pointe de leur
javelot.

5..

Quoique les anciens eussent différentes manières de chasser, les deux principales étaient celles décrites par Virgile, et auxquelles Salomon fait allusion. (Proverbe VII, p. 22.)

(3) Pag. 2. (*Ni de dompter les chevaux qui paissaient, etc.*)

Gulchenrouz était trop jeune pour être excellent écuyer, ce qui était un talent essentiel chez les Arabes. Les haras de Fakreddin renfermaient sans doute une belle race de chevaux, quoiqu'ils ne vinssent pas du fameux cheval tartare (dont le cavalier gigantesque fut tué par *Codadad*), et qu'ils ne fussent pas de la taille de *Claviléno* que monta Don Quichote. Le cheval enchanté des Nuits Arabes, possédait non-seulement les qualités communes à ces deux chevaux, mais en avait encore beaucoup qui lui étaient particulières. Il fut présenté au roi de Perse à la clôture d'une fête qui était célébrée à la naissance du printemps ; il pouvait transporter son cavalier partout où il voulait aller, avait des mouvements si doux qu'il ne donnait aucune secousse, même en arrivant à terre. Il pouvait s'élever au-delà de la portée de la vue de qui que ce fût. On pouvait le guider en tournant une épingle dans le creux de son cou, vers chaque point où on voulait aller ; et par le moyen d'une autre qui était derrière son oreille droite, on le faisait descendre et retourner quand on voulait. Il avait été créé par un enchanteur, traversait les airs avec la vivacité de la flèche. Son maître l'ayant prêté à *Firoux Schah*, il le mena à une distance considérable, et ramena derrière lui la princesse du Bengale à laquelle le prince fut marié ensuite. *Firoux Schah*, quand il fut élevé dans les airs, ne put gouverner l'épingle de manière à l'empêcher de s'élever, et enfin il fit son dernier voyage dans une explosion de feu d'artifice et de fumée.

(*Il tirait cependant de l'arc avec une certaine adresse.*)

Ce talent était, avec celui de l'équitation, une partie essentielle de l'éducation orientale. Ainsi dans l'Histoire des Sœurs jalouses de leur sœur : « Quand les princes apprenaient à monter et conduire les chevaux, les princesses ne voulurent pas qu'ils eussent cet avantage sur elles, mais elles allaient aux exercices avec eux, apprenant à monter le grand cheval, à lancer le javelot et tendre l'arc. » (Nuits Arabes, vol. 4, p. 276).

(4) Pag. 3. (*Les deux frères les avaient engagés mutuellement l'un à l'autre*).

Des contrats de cette nature sont très fréquents

parmi les Arabes. On en voit un exemple dans l'histoire de *Noureddin Ali et Benreddin Hassan*.

(5) Pag. 3. (*Nouronihar aimait son cousin plus
que ses yeux.*)

Cette manière de s'exprimer, non seulement se
trouve dans les écrits sacrés, mais aussi chez les
Grecs et les Romains.

(6) Pag. 3. (*Avec toute la timidité d'un faon*).

Le faon, comme plus connu, est substitué ici au
gazal des Arabes, qui est d'une beauté peu commune
et timide.

(*Et se réfugiait dans les bras de Nouronihar.*)

On laisse ici un champ libre à l'imagination du
lecteur, et le Tasse l'aidera à finir le tableau.

Sovra lui pende: ed ei nel grembo molle
Le posa il capo, e'l volto al volto attolle.
(JÉRUSALEM DÉLIVRÉE ; XVI, 28.)

(7) Pag. 4. (*Shakudiam et Ambreabad.*)

Étaient deux villes des Péries dans le pays ima-
ginaire de *Ginnistan*. Le premier nom signifie plaisir

et desir, et l'autre ville de l'Ambre grise. (*Richardson,* p. 369).

(8) Pag. 4. (*Des jeunes filles qui puisaient de l'eau.*)

L'office de tirer de l'eau, dans l'Orient, est donné aux femmes, et surtout aux jeunes filles. La fraîcheur du soir était le moment propre pour faire la provision du lendemain matin. Cette coutume est d'une grande antiquité. On en trouve un exemple dans les écrits de Moïse, et plusieurs dans Homère. (Voy. de Shaw, p. 241.)

(9) Pag. 8. (*Dans une grande cuiller de cocknos.*)

Le cocknos est un oiseau dont le bec est fort estimé à cause de son beau poli, et qui sert quelquefois de cuiller. Ainsi, dans l'histoire d'*Atalmulek* et de *Zelica Begum*, il est employé à cet usage. «Zelica ayant demandé à se rafraîchir, six vieux esclaves apportèrent aussitôt et distribuèrent des *mahramas*, et servirent autour une salade d'herbes de différentes espèces, de jus de citron et de moelle de concombres. » Ils en servirent d'abord à la princesse dans un bec de cocknos. Elle prit une becquée de salade, et en donna une autre à l'esclave qui était assise à sa main droite; et cette esclave fit comme sa maîtresse avait fait.

(10) Pag. 11. (*Goul* ou *ghul.*)

En arabe, signifie tout objet terrible, capable de nous priver de l'usage de nos sens. C'est de là que ce mot est devenu le nom de cette espèce de monstres que l'on a supposée fréquenter les forêts, les cimetières et autres lieux solitaires, et qui, non seulement mettent en pièces, à ce que l'on croit, les vivants, mais aussi déterrent et dévorent les morts. (*Richardson*, p. 174.)

(11) Pag. 14. (*L'escarboucle de Giamschid.*)

Ce puissant potentat fut le quatrième souverain de la dynastie des *Pischadians*, et frère ou neveu de *Tahamurath*. Son vrai nom était *Giam* ou *Gem*, et *Schid*, qui dans l'ancien persan signifiait le soleil, le surnom donné par quelques-uns à la majesté de sa personne, et par d'autres à la grandeur de ses actions.

Un des plus beaux monuments de son règne était la ville d'Istakar, dont Tahamurath a posé les fondations. Cette ville, à présent appelée *Gihil* ou *Tchil Minar*, à cause des quarante colonnes que *Homaï* y a élevées, ou (selon notre auteur et d'autres) *Soliman Ben Daoun*, était connue des Grecs sous le nom de Persépolis : et il existe encore dans le Levant une tradition qui porte que lorsque Alexandre brûla les édifices des rois de Perse, sept monuments immenses de Giamschid furent consumés avec son palais.

Ce prince, après avoir soumis à son empire sept vastes provinces de la Haute-Asie, et avoir joui en paix d'un long règne (que quelques auteurs ont porté jusqu'à sept cents ans), devint enivré de sa grandeur; et, s'imaginant follement qu'elle n'aurait pas de fin, s'arrogea les honneurs divins. Mais le Tout-Puissant plaça dans sa propre maison un instrument terrible pour abattre son orgueil, par lequel il fut aisément vaincu et envoyé en exil.

L'auteur de *Giam al Tavatikh* fait mention d'une coupe, ou miroir concave de Giamschid, formée d'une pierre précieuse, et appelée la coupe du soleil. Les poètes persans y font souvent allusion, et l'*allégorisent* de différentes manières. Ils lui attribuent la propriété de faire voir chaque chose qui se trouve dans l'enceinte de la nature, et même les choses surnaturelles. La pierre précieuse qui la formait, paraît être l'escarboucle, ou rubis oriental, qui, de sa ressemblance avec le charbon brûlant, et de la splendeur qu'il est supposé jeter dans l'obscurité, a été appelé *schebgerag*, ou la torche de la nuit. Selon Strabon, ce qui le fit autant estimer des Persans, qui adoraient le feu, furent ses qualités ignées; et c'est peut-être à ces vertus qu'il doit le surnom de la première des pierres. Milton avait une idée savante de ses pouvoirs fabuleux, en décrivant le vieux serpent :

His head
Crested aloft, and carbuncle his Eyes.

« Sa tête se dressait en crête, et ses yeux paraissaient un escarboucle. »

(12) Pag. 15. (*Les flambeaux s'éteignirent.*)

D'après les emblèmes de la royauté dans la vision, et la déclaration concluante de la dernière voix, il est évident que ces torches λαμπαδας, etc., étaient allumées par le dive pour prognostiquer l'union destinée, de laquelle l'eau dans le bain était un autre présage. Ainsi Lactantius : *A veteribus institutum est, ut sacramento ignis et aquæ nuptiarum fœdera sanciantur, quod fœtus animantium calore et humore corporentur atque animentur ad vitam. Unde aqua et igne uxorem accipere dicitur.* « Il a été institué par les anciens que les mariages seraient cimentés par le sacrement de l'eau et du feu, parce que le fœtus des animaux reçoit un corps, et s'anime de la vie par la chaleur et l'humidité. De là on dit qu'on reçoit une femme par l'eau et le feu. »

La suite de l'union dont nous parlons, permettra d'ajouter :

Non hymenæus adest illi, non gratia lecto;
Eumenides tenuere faces, de funere raptas ;
Eumenides stravere torum.

« L'Hymen ne parut pas à ces noces coupables ;
» Le Plaisir n'y fit pas les honneurs du festin.
» L'implacable Mégère, une torche à la main
» En parsema le lit de serpents effroyables.

(Elle battit des mains pour appeler.)

C'était la méthode ordinaire d'appeler les domestiques de service dans le Levant.

(13) Pag. 17. (*Le mit sur ses épaules.*)

Sandys parle de cet usage de porter les enfants ; et *Ludeke* a un passage qui le désigne encore davantage :

Liberos dominorum suorum grandiusculos ita humeris portant servi, ut illi lacertis suis horum collum, pedibus vero latera amplectantur, sieque illorum facies super horum caput emineat. (Expositio brevis, p. 37.)

« Les esclaves portent les enfants déjà grands de leurs maîtres sur leurs épaules, de manière que leurs bras embrassent leurs cols, et leurs pieds leurs flancs, et que la tête des enfants surmonte la leur.

(Ses joues devinrent rouges comme des grenades.)

Le rouge modeste d'un jeune homme innocent (qu'une dame grecque d'un goût reconnu a comparé à la plus belle couleur dans la nature), est assimilé chez les Arabes à celui de la grenade. Salomon, dans sa charmante idylle, a adopté la même comparaison. Mais un usage plus convenable de cette similitude, se trouve dans une *cde* d'un poète de Damas :

« Le calice de la grenade rappelle à mon esprit les couleurs de ma bien-aimée, quand ses joues sont animées d'une modeste colère. »

(14) Pag. 19. *(Ainsi que ses mains le prouvent.)*

Quand des femmes du Levant sont fiancées, la paume de leurs mains est peinte ainsi que leurs doigts d'une couleur cramoisie, avec l'herbe appelée *hinnah.* C'est ce qu'on appelle le cramoisi du consentement. (Contes d'Inatulla, p. 15, vol. 2.)

(15) Pag. 20. *(Violer les droits de l'hospitalité.)*

Les Arabes avaient une si grande idée de ces droits, que chez eux, traître au pain et au sel, est l'invective la plus odieuse que l'on puisse dire à quelqu'un. (*Richardson*, Dissertation, p. 219.)

(16) Pag. 24. (*On prépara des habits funéraires.*)

Les rites pratiqués ici l'étaient dès les premiers âges. On trouve les traces de la plupart dans Homère et les autres poètes grecs. Lucien parle des morts de son temps, comme étant lavés, parfumés, habillés et couronnés, ωραιοις ανθεσιν, des fleurs de la saison; ou, selon d'autres écrivains, de celles que l'on savait qu'ils préféraient. L'élégant éditeur des Ruines de Palmyre, parle d'un fragment de momie qu'on y trouva, dont les cheveux étaient tressés exactement comme ceux des femmes arabes le sont à présent.

L'habit funéraire, du temps d'Homère, a été communément blanc; et chez les Mahométans il est fait sans couture, pour qu'il ne puisse pas empêcher la cérémonie d'usage de mettre le mort à genoux dans le tombeau, pour qu'il subisse l'examen. (*Lucien*, tom. 2, p. 927; Ruines de Palmyre, p. 22, 23.

(17) Pag. 25. (*On brisa tous les instruments de musique.*)

Ainsi, dans les Nuits Arabes, *Haraoun al Raschid* pleura sur le corps de *Schemselnihar*, et, avant de quitter l'appartement, ordonna qu'on brisât tous les instruments de musique.

(*Les imans.*)

Un iman est le principal prêtre de la mosquée. C'est une des fonctions de l'iman de précéder le corps du défunt, en priant, pendant que la procession marche.

(*Le cri déplorable de la ilah, illa, alla.*)

Cette exclamation, qui renferme le principe dirigeant de la croyance mahométane, et signifie « il n'y a de Dieu que Dieu », était ordinairement faite lors de quelque émotion violente de l'ame. Les Espagnols l'ont adoptée des Maures leurs voisins, et Cervantes l'a employée dans Don Quichotte : *En esto liegaron corriendo con grita, lililies* (littéralement, profession de foi en Alla), *y algazara los de la libreas, adonde Don Quixote suspenso y atonito estava.* (Parte 2, tom. 4, p. 241.)

La même expression est souvent écrite par les Espagnols *lilaila* et *hilahaila.*

(18) Pag. 29. (*Que l'ange de la mort leur avait ouvert le portail de quelque autre monde.*)

Le nom de cet ange exterminateur est *Azrael,* et

sa fonction consiste à conduire le mort dans la demeure qui lui est assignée, que quelques-uns prétendent être près de la place où il est enterré. (*Sale*,
Discours préliminaire, p. 101, etc.)

(19) Pag. 29. (*Monker et Nakir.*)

Ce sont deux anges noirs d'une apparence épouvantable qui examinent les morts sur les objets de
leur croyance. S'ils ne rendent point d'eux un compte
favorable, il est certain qu'ils seront battus avec des
masses de fer rouge, et tourmentés au-delà de toute
expression. (Cérémonies religieuses, v. 7, p. 59, etc.)

(*Le pont fatal.*)

Ce pont, appelé en arabe *Al Sirat*, et qui passe
pour être bâti sur le golfe infernal, est représenté
comme plus étroit que la toile d'une araignée, et plus
affilé que la pointe d'une épée; quoique la tentative
pour le passer soit plus périlleuse que de traverser
un torrent mugissant avec fracas sur la pointe aiguë
d'une lance ,

> More full of peril, and advent'rous spirit,
> Than to o'rwalk a current, roaring loud,
> On the unsteadfast footing of a spear.

est le seul chemin cependant qui mène au paradis de

Mahomet. A la vérité, ceux qui se sont bien comportés n'ont aucun sujet de craindre; les caractères mêlés trouvent le chemin difficile, mais les méchants perdent sur-le-champ leur équilibre, et tombent la tête en bas dans l'abîme. (*Pocoke*, p. 282.) Milton a sans doute copié de cette fiction bien connue, et non (comme le conjecture le docteur Warton) du poète Sadi, son chemin

> Over the dark abyss, whose boiling gulf
> Tamely endur'd a bridgde of woud'rous leugth,
> From hell continud, reaching the utmost orb
> Of this frail world.

« Sur l'abîme ténébreux dont le golfe bouillant supporte un pont d'une longueur étonnante, qui s'étend de l'enfer au point le plus reculé de ce monde fragile. »

(*Un certain nombre d'années.*)

Selon la tradition du prophète, non moins de deux cents ans, ni plus de sept mille ans.

(20) Pag. 31. (*Le chameau sacré.*)

C'est un article de foi chez les Mahométans, que tous les animaux ressusciteront, et que quelques-uns seront admis dans le paradis. L'animal, dont il est

ici question, paraît avoir été un de ces chameaux à
ailes blanches, caparaçonné d'or, qu'Ali a affirmé
devoir être préparé pour transporter les fidèles. (Cérémonies religieuses, vol. 8, p. 70.)

(21) Pag. 33. (*Des paniers.*)

Cette sorte de corbeille a long-temps été en usage
au Levant, et se fait avec les feuilles de palmiers-
porte-datte. Les paniers de ce tissu sont d'une grande
utilité pour porter des fruits, du pain, etc.; et les objets
plus pesants, ou qui exigent un couvert plus compact,
sont portés dans des sacs de cuir ou de peau. (Voy.
D'Hasselquist, p. 261.)

(22) Pag. 43. (*Un mouvement violent d'éventails.*)

Ces éventails étaient faits de queues de paons et
d'autruches, dont les plumes étaient placées dans de
longs manches, de manière à les présenter selon les
gradations de leur croissance naturelle. Ces sortes
d'éventails étaient anciennement en usage en Angle-
terre.

(23) Pag. 44. (*Vin mis en bouteilles avant la naissance de Mahomet.*)

La défense du vin par le prophète diminuait nécessairement la consommation dans les limites de son empire; ce qui permet de croire qu'on avait pu conserver du vin de l'époque citée. La coutume de garder les vins n'était pas étrangère aux Persans, quoiqu'ils ne le fissent pas aussi souvent que les Grecs et les Romains. « J'achète (dit *Lebied*) à un haut prix la vieille liqueur mise depuis long-temps dans des bouteilles de vieux cuir, ou dans des tonneaux noirs de poix, dont je romps les cachets, pour remplir de joyeux gobelets. (*Moullakat*, p. 53.)

(*Les miches préparées par Nouronihar.*)

Hérodote parle d'une dame d'un rang pareil, préparant aussi des miches; et les gâteaux que *Tamar* faisait pour *Amnon*, sont bien connus.

(24) Pag. 47. (*S'étant tournée en rond d'une manière magique.*)

Le verbe arabe qui correspond à l'hébreu, est traduit par Wilhmet, *Scindere. Secare in orbem: indè notio circandi, mox gyrandi, et hinc à motu versatili fascinavit, incantavit.* — Une inflexion du même verbe est appliquée avec esprit dans le Coran, et par *Hariri*, au pouvoir séduisant de l'éloquence.

(Son grand chameau Alboufaki.)

Il y a dans le poëme de *Tarafa* une description singulière et fort soignée d'un chameau ; mais Alboufaki possédait des qualités qui lui étaient propres, et qui ne le rendaient guère moins fameux que le chameau brun, obscur et difforme d'*Aad*.

(25) Pag. 49. (*D'aller en avant, quoiqu'il fût midi.*)

Le travail des bûcherons était estimé le plus fatigant de tous les travaux ; et ceux qui s'y employaient étaient obligés de le cesser sur le midi, ce que les autres ouvriers ne faisaient pas. *Inatulla* parle proverbialement des « bûcherons qui, à l'heure de midi, sont à peine capables de lever les bras de fatigue. » Les guides de Carathis étant des bûcherons, elle s'en prévalut adroitement pour les presser d'avancer, sans leur accorder ce repos pendant la chaleur brûlante du midi, dont les voyageurs jouissent toujours dans ces climats, et qui est réputé essentiel à la conservation de leur santé.

(26) Pag. 50. (*Près d'un cimetière.*)

Les lieux où l'on enterrait étaient placés communément dans l'Orient, dans des endroits solitaires. Dans l'histoire du premier *Calender*, on lit qu'un homme y resta cinq jours sans pouvoir trouver le tombeau qu'il cherchait ; et il paraît, par l'histoire de *Ganèm*, qu'on laissait souvent ouverte la porte de ces cimetières. (Nuits Arabes, vol. 1, p. 112.)

(27) Pag. 56. (*Des poissons bleus.*)

On parle, dans les Nuits Arabes, de poissons de la même couleur, qui, comme ceux-ci, étaient doués du don de la parole.

(28) Pag. 59. (*Des nids plus élevés que les nuages.*)

La métaphore d'un nid pour une habitation sûre, se trouve dans l'Ecriture Sainte. Ainsi *Habakuk* : « Malheur à celui qui convoite avec cupidité pour sa maison, de pouvoir placer son nid sur la hauteur ; » — et *Obadiah* : « Quoique tu t'élèves comme l'aigle, et quoique tu places ton nid parmi les étoiles, etc. » — Le génie dont on parle ici, paraît avoir été imaginé, d'après les notions des Juifs sur les anges gardiens, auxquels la surveillance des enfants est confiée, et auxquels Notre-Seigneur lui-même a fait allusion (*Mathieu*, 18, 10), tandis que le premier possesseur du nid a peut-être été quelques-uns de ces oiseaux merveilleux dont il est parlé si souvent dans les contes orientaux.

(Des flammes flottantes, sur lesquelles étaient inscrits les noms d'Alla et du Prophète.

Des bannières semblables à ces flammes, sont conservées dans plusieurs mosquées, et sont portées avec solennité devant le cercueil, à la mort des personnes de marque. (Cérémonies religieuses, vol. 7, p. 119.)

(29) Pag. 65. *Des ruches et des oratoires étaient alternativement rangés sur le bord du ruisseau.)*

L'abeille est un insecte très respecté des Mahométans.

(30) Pag. 68. *(Les sheiks, les cadis.)*

Les sheiks sont les chefs de la société des derviches ; le cadi est le magistrat d'une ville.

(Des brides de rubans sur lesquelles le Coran était inscrit.)

Comme dans l'ancien temps, les juges d'Israël montaient des ânes blancs ; de même chez les Mahométans ceux qui affectent une grande sainteté, se servent de cet animal de préférence au cheval. Sir John

6..

Chardin a observé dans plusieurs parties de l'Est, que leurs rênes étaient, comme on le dit ici, de soie, avec le nom de Dieu, ou d'autres inscriptions dessus.

(31) Pag. 71. (*Un de ces génies bienfaisants prenant la figure d'un berger, etc.*)

La flûte était regardée comme un instrument sacré, que Jacob et d'autres saints bergers avaient sanctifiée par l'usage qu'ils en avaient fait. (Cérémonies religieuses, vol. 7, p. 10.)

(32) Pag. 72. (*Furent entraînés malgré eux.*)

On peut voir un exemple pareil d'attraction dans l'histoire du prince *Ahmed* et de la périe *Paribanon.* (Nuits Arabes, vol. 4, p. 243.)

(33) Pag. 73. (*Eblis.*)

Herbelot suppose que ce titre est une corruption de διαβολος. C'était le nom donné par les Arabes au prince des anges apostats, qu'ils représentent comme exilé aux régions infernales, pour avoir refusé d'adorer Adam, sur l'ordre de Dieu.

(34) Pag. 74. (*Compense tes impiétés.*)

C'est un article reçu de la foi mahométane, que les actions des hommes sont toutes pesées dans une balance toujours juste, et leur condition future déterminée selon la prépondérance du bien ou du mal. Cette fiction, qui paraît empruntée des Juifs, a probablement son origine dans le langage figuré de l'Ecriture. Ainsi, psaume 49, v. 9 : « Sûrement les hommes de bas degré sont vanité, et les hommes de haut degré sont mensonge. Pour être mis dans la balance, ils sont ensemble plus légers que la vanité. » Et dans Daniel, la sentence contre le roi de Babylone, inscrite sur le mur : « Tu es pesé dans la balance, et il est reconnu que tu n'as pas le poids. »

(35) Pag. 76. (*Balkis.*)

C'était le nom arabe de la reine de *Sheba* (Saba), qui vint du midi pour éprouver la sagesse et admirer la gloire de Salomon. Le Coran la représente comme adoratrice du feu. On dit que Salomon l'a reçue non seulement avec la plus grande magnificence, mais l'éleva même à son lit et jusqu'à son trône. (Alcoran, ch. 27.)

(36) Pag. 78. (*Une architecture inconnue dans les annales de la terre.*)

Ainsi, Pellegrino Gaudensi, dans sa description du palais du péché :

> Enorme pondo al suolo, immensa mole
> D'aspri macigni in testa, e negri marmi
> Percui serpeggian di sanguigna tinta
> Lugubri vene : l'atterrito sguardo
> Muto s'arresta sull' altera fronte
> Ch' entro le nubi si sospinge, e s'alza
> Superbamente a minacciar le stelle.
> Solto grand' archi sue marmore e basi
> Fan dise mostra simulacri orrendi
> Che infaccia ad essa i demon fabbri alzoro.
>
> (LA NASCITA DI CHRISTO. C. I.)

« Enorme poids sur la terre, masse immense bâtie de pierres dures et de marbres noirs parsemés de veines sombres, de couleur de sang, semblables à des serpents. L'œil effrayé, reste immobile sur le frontispice hardi qui s'élève superbement entre les nuages, et semble en s'élevant menacer les étoiles. On voit sous de hautes arcades, des statues horribles que les démons ont fabriquées et placées sur des piédestaux de marbre.

(37) Pag. 81. *Ils ne paraissaient pas marcher, mais tomber dans un précipice.*)

Une progression d'une espèce pareille est décrite par Milton :

> By the hand he took me raised;
> And over fields and waters, as in air,
> Smooth-sliding without step last ledme.

« Quand je fus levé, il me prit par la main, et me conduisit en glissant doucement, sans marcher, sur les champs et les eaux, comme dans l'air. »

(38) Pag. 82. (*Le pavé jonché de poudre d'or et de safran.*)

On parle de plusieurs choses dans l'histoire du troisième Calender, qui ressemblent à celles dont on parle ici, et particulièrement d'un pavé jonché de safran, d'ambre gris et de bois d'aloës que l'on brûle.

(39) Pag. 86. (*Ouranabad.*)

Ce monstre est représenté comme un hydre féroce volant, et appartient à la classe de la *rakshe*, dont la nourriture ordinaire était des serpents et des dragons. Le *soham* qui avait la tête du cheval, avec quatre yeux, et le corps d'un dragon couvert de flamme; le *syl*, basilic, avec une face humaine, mais si horrible que personne ne pouvait supporter son regard; l'*ejdor* et autres. (Voyez ces titres respectifs dans le Dictionnaire de Richardson, persan, arabe et anglais.)

(40) Pag. 86. (*Elle s'était attendue à voir quelque géant monstrueux.*)

Telle est la peinture que le Dante nous a donnée de cet infernal souverain :

> L'imperador del doloroso regno
> Da mezzo 'l petto uscia fuor della ghiaccia :
> E piu con un gigante 'l mi convegno,
> Che i giganti non fan con le sue braccia.

« L'empereur du triste royaume paraissait hors de la glace jusqu'à la moitié de la poitrine; et je suis plus en proportion avec un géant, que les géants ne le sont avec ses bras. »

Il est plus que probable (quoiqu'on ne l'ait pas remarqué) que la méprise de Don Quichotte prenant des moulins pour des géants, fut suggérée à Cervantes par la similitude suivante, dans laquelle le personnage terrible cité ci-dessus est ainsi comparé :

> Pero dinanzi mira,
> Disse 'l maestro mio se tu 'l discerni.
> Come quando una grossa nebbia spira,
> O quando 'l emisperio nostro annota
> Par da lungi un mulin che 'l vento gira,
> Veder mi parve un tal dificio allotta.

« Mais regarde, me dit mon maître, et vois si tu peux distinguer quand un brouillard épais se dissipe, ou que les ombres de la nuit s'étendent sur notre hémisphère ; on croirait quelquefois voir de loin un moulin que le vent fait tourner ; ainsi, je crus alors apercevoir quelque chose de semblable. »

Ce qui confirme cette conjecture, est la réplique à la question de Sancho : « Quels géants ? » faite par Don Quichotte, en allusion aux deux dernières lignes de la citation précédente :

« Ceux que tu vois là-bas avec leurs bras énormes, et il y en a quelques-uns qui atteignent à près de deux lieues. (Don Quichotte, 1re. partie, ch. 8, p. 52 ; le Dante, dell' Inferno, canto 34.) On peut ajouter que l'un et l'autre font mention d'un vent qui s'élève.

(*Créatures d'argile.*)

Rien ne pouvait être plus convenablement imaginé que cette apostrophe. Eblis avait souffert une dégradation de son premier rang, et était confiné dans ces régions pour avoir refusé d'adorer Adam, en obéissance au commandement suprême; prétextant, pour justifier son refus, qu'il avait été formé du feu divin, tandis qu'Adam n'était qu'une créature d'argile. (Alcoran, ch. 55, etc.)

(*La forteresse d'Aherman.*)

Dans la mythologie des Orientaux, Aherman était regardé comme le dieu de la discorde. Les anciennes fables persanes abondent en descriptions de cette forteresse, dans laquelle les démons inférieurs s'assemblent pour recevoir les ordres de leur prince; et de laquelle ils partent pour exercer leur méchanceté dans toutes les parties du monde. (*Herbelot,* p. 71.)

(*Les palais d'Argenk.*)

Les palais de ce puissant dive qui régnait dans les montagnes de Kaf, contenaient les statues des soixante-douze Solimans, et les portraits des différentes créatures qui leur étaient soumises, et dont aucune ne ressemblait à l'homme. Quelques-unes avaient plusieurs têtes, d'autres plusieurs bras, et d'autres plusieurs corps. Leurs têtes étaient toutes très extraordinaires ; quelques-unes ressemblant à celles de l'éléphant, du buffle, du sanglier, et d'autres encore plus monstrueuses. (*Herbelot*, p. 820.)

L'Arioste, qui doit plus aux fables arabes que ses commentateurs ne l'ont supposé jusqu'ici, paraît ne pas avoir été étranger aux palais d'Argenk, quand il a décrit la fontaine de Merlin :

Era una delle fonti di Merlino
Delle quattro di Francia da lui fatte :
Diutorno cinta di bel marmo fino,
Lucido, e terso, e bianco piu che latte.
Quivi d'intaglio con lavor divino
Avea Merlino imagini ritratte.
Direste che spiravano, e se prive
Non fossero di voce, ch'eran vive.

Quivi una bestia uscir della foresta
Parea di crudel vista, odiosa e brutta,
Che avea le orecchie d'asino, a la testa
Di lupo, e denti, e per gran fame asciutta;
Branche avea di leon ; l'atro, che resta
Tutto era volpe.

« C'était une des quatre fontaines que Merlin a

bâties en France; elle était revêtue d'un beau marbre fin, brillant, sans tache, et plus blanc que le lait. Merlin y avait gravé des figures d'un travail divin; il ne leur manquait que la voix pour qu'on les crût vivantes. Une bête affreuse et au regard féroce paraissait sortir de la forêt : elle avait des oreilles d'âne et des dents de loup, et était desséchée par la faim. Ses griffes étaient celles d'un lion; tout le reste d'un loup. »

(41) Page 88. (*Et tenaient leur main-droite sur le cœur.*)

Sandys observe que l'application de la main droite sur le cœur est le mode de salutation dans l'Orient; mais la persévérance des adorateurs d'Eblis dans cette attitude, était censée exprimer leur dévotion pour lui du cœur et de la main.

(42) Pag. 90. (*Lorsque je vivais, j'étais assis, etc.*)

Ce récit s'accorde avec celui du Coran et des autres légendes arabes.

(43) Pag. 92. *Un feu qui ne s'éteint jamais dévore mon cœur.*)

Hariri, pour exprimer l'idée la plus forte de l'extrême anxiété, représente le cœur comme tourmenté par des charbons brûlants.

(*Dans la demeure de la vengeance et du désespoir.*)

Telle est l'inscription du Dante sur la porte de l'Enfer :

Per me siva nella citta dolente
Per me siva nell' eterno dolore:
Per me siva tra la perduta gente.
Giustizia mosse 'l mio alto fatore
Fecemi la divina potestate,
La somma sapienza, e 'l primo amore
Dinanzi ame non fur cose create,
Se non eterne, ed in eterno duro :
L'asciate ogni speranza, voi che
'Ntrate.

Canto III.

IMITATION.

« C'est par moi qu'on arrive au séjour des douleurs ;
» C'est par moi qu'on se rend à la cité des pleurs ;
» C'est par moi qu'on vous joint, ames infortunées,
» Que Dieu, dans sa justice aux feux a condamnées.

» Avant moi rien n'était qui ne fût éternel :
» Je suis impérissable et son bras immortel
» M'a bâti pour servir sa céleste vengeance.
» Vous qui venez ici, perdez toute espérance. »

La traduction anglaise de ce passage par M. Hayley, fait bien regretter qu'il n'ait pas traduit tout l'Enfer.

> Through me you pass to mourning's dark domain
> Through me to scenes where grief must ever pine ;
> Through me, to misery's devoted train.
> Justice and power in my great founder join,
> And love and wisdom all his fabriks rear ;
> Wisdom above controul, and love divine !
> Before me nature saw no works appear,
> Save works eternal : such was it ordained.
> Quit every hope, all ye who enter here.

FIN DES NOTES DU SECOND VOLUME.